诺贝尔文学奖 作品精选 插图版

Nobel laureates in Literature

凯尔特的薄暮

〔爱尔兰〕威廉·巴特勒·叶芝／著
李兴海／编译

海豚出版社
DOLPHIN BOOKS
CICG 中国国际传播集团

图书在版编目（CIP）数据

凯尔特的薄暮 /（爱尔兰）威廉·巴特勒·叶芝著；李兴海编译 . -- 北京：海豚出版社，2025. 6. --（诺贝尔文学奖作品精选）. -- ISBN 978-7-5110-7305-1

Ⅰ . I562.65

中国国家版本馆 CIP 数据核字第 2025V99M48 号

凯尔特的薄暮

（爱尔兰）威廉·巴特勒·叶芝　著　李兴海　编译

出 版 人	王　磊
责任编辑	刘　璇
文字编辑	台文娟
特约编辑	许秋玲
封面设计	宋双成　顾翔宇
责任印制	蔡　丽
法律顾问	北京市君泽君律师事务所　马慧娟　刘爱珍
出　　版	海豚出版社
地　　址	北京市西城区百万庄大街24号
邮　　编	100037
电　　话	010-68325006（销售）　010-68996147（总编室）
印　　刷	天津泰宇印务有限公司
经　　销	全国新华书店及各大网络书店
开　　本	710 mm×1000 mm　1/16
印　　张	11
字　　数	125千
版　　次	2025年6月第1版　2025年6月第1次印刷
标准书号	ISBN 978-7-5110-7305-1
定　　价	39.80元

开篇语

　　威廉·巴特勒·叶芝，这位爱尔兰文学巨匠，以他深邃而又细腻的笔触，为爱尔兰神话赋予了全新的生命。在《凯尔特的薄暮》这部作品中，那些古老而遥远的传说不再是沉睡的故事。它们被叶芝笔下的日常对话与交流唤醒，经过叶芝的精心整理得以成形，再加上他对细节的细腻描绘，于是，精彩的故事就这样跃然纸上，与现代读者的心灵产生了跨越时空的共鸣。

　　值得一提的是，叶芝为何选择以帕笛·弗林这一形象作为故事的主要讲述者？帕笛是一个看似普通却又不凡的小老头儿，他的外表或许"又老又怪又丑又聋"，但他的内心却如同爱尔兰大地一样，充满着生机与热情。叶芝谦逊地将光环赋予帕笛，自己则隐身于文字背后，引领我们进入一个奇妙的新世界——既属于爱尔兰乡野，又超越现实的幻想领域。这个世界与我们的世界并行不悖，弥漫着源自古代爱尔兰的独特韵味与芬芳。叶芝认为，帕笛·弗林身上体现出的，正是爱尔兰民族充满深沉情感与丰富想象的特质。这种特质不仅属于帕笛，也是叶芝创作精神的映照。

《凯尔特的薄暮》常被誉为西方的《聊斋志异》，这样的比喻拉近了东西方文化的距离，尽管背景不同，但美的界限超越时空。如果说《聊斋志异》道尽世态炎凉，神鬼亦沾染人间烟火；那么《凯尔特的薄暮》则描摹出了仙境的缥缈，令人陶醉其中，乐而忘返。无论你是钟情于优美的文辞，还是对超脱现实的奇幻想象心生向往，《凯尔特的薄暮》都能成为你的理想之选。这本书以其独特的仙境气息，引领我们进入一个充满神秘与浪漫的国度。在那里，精灵与凡人共舞，生灵与巫师嬉戏，山巅之上居住着奇人异士，而幽冥之门也隐约可见。可以说，每一片叶子、每一缕风中都蕴含着纯粹的爱尔兰风情。

　　更重要的是，《凯尔特的薄暮》这本书不仅是对奇幻世界的简单描绘，它更是一次对想象力的召唤。想象力，这一灵魂的羽翼，是我们无法割舍的瑰宝。在这个科技发达、信息爆炸的时代，我们往往容易陷入现实的琐碎与定式思维之中，忘记了心灵也需要飞翔的空间。本书提醒我们，阅读并不仅仅是消遣文字，更是一种心灵的旅行，一种对未知世界的探索。它鼓励我们跳出固有模式，让思维如精灵般自由穿梭，体验那些超越日常生活的奇妙冒险。我们可以学会以更广阔的视角审视世界，可以学会在现实与幻想之间搭建桥梁，从而丰富我们的内心世界，使我们的审美和思维得到前所未有的拓展。

　　诚然，本书书页间跃动的是精灵的轻盈、神怪的诡谲，以及幻想世界的绮丽。但是，我们的初衷，远不止是对这些奇幻景象的猎奇。阅读《凯尔特的薄暮》这本书，实则是让思绪插上翱翔的翅膀，让灵魂在无垠的创意中翩翩起舞，学会在平凡与非凡间自如穿梭的艺术。

不论是在字里行间遨游，还是在现实世界的广阔舞台上步步前行，我们每个人都是自己传奇的编织者与吟唱者。我们无须畏惧，不必忧虑，因为我们自己执掌着画笔，能自主地为生活涂抹色彩。叶芝反复提醒我们，何须讶异于那些看似遥不可及的梦想，世间万物，皆有可能，只待我们勇敢探寻。

当我们翻过《凯尔特的薄暮》的最后一页时，若能在心中激起对想象的珍视、对自我的笃定、对未来的无限畅想，那么，这便是一次穿越时光的温柔对话，是对叶芝智慧之光的深切回应。它不仅证明了经典作品跨越时代的魅力，更是在每位读者心中种下了希望的种子，激励我们继续在人生的卷轴上，以无尽的想象力与坚定的步伐，绘出独属于自己的辉煌篇章。

目录 Contents

自序　讲故事的人 / 001

信仰与质疑 / 004

恒久的心 / 007

喜与忧 / 010

我们的山中女士 / 014

对苏格兰人的抗议 / 018

凡人助力 / 024

蒙尘的明眸 / 026

精灵女王 / 036

神　猪 / 040

一群绑匪 / 042

达姆克利夫和洛西丝 / 051

王后和愚者 / 055

精灵的朋友 / 060

1

村中怪事 / 067

黑暗力量 / 077

怪事趣闻 / 082

旧　城 / 084

男人和他的靴子 / 086

懦　夫 / 089

一个幻视者 / 091

羊骑士 / 096

最后的吟游诗人 / 100

三个欧拜俄罗尼与邪恶精灵 / 109

无拘无束的梦 / 111

火玫瑰 / 125

暮色中的老人 / 135

红发翰拉汉 / 142

水手的信仰 / 153

黄金时代 / 155

战　争 / 157

神奇生物 / 160

走进薄暮 / 164

自序

讲故事的人

本书记录了我的一些个人经历和思考，但其中大多数故事是根据帕笛·弗林的口述整理而成的。这位老人住在巴里索黛尔村，虽然他的屋子破旧不堪，但他对自己的居住条件十分满意。他的目光总是清亮有神，特别喜欢兴致勃勃地为别人介绍自己的小屋。

他觉得自己居住在"全斯莱格最神秘、诡谲的地方"。当然，这只是他自己的想法。有些人就觉得斯莱格郡最神秘的地方要数达姆克利夫或达玛海尔，巴里索黛尔顶多排在第三位。

第一次见到他，是在他家的厨房里，他正专注地煮着一锅香气四溢的蘑菇。第二次见他，他正悠然地躺在篱笆下，沉浸在宁静的午睡之中，脸上带着一丝微笑，仿佛在梦中遇见了美好的事物。

他是个乐天派，无论你在哪儿看到他，都是开朗快活的。可我时不时会在他那机警的眼神中看到一丝始终伴随着快活存在的忧郁。

他的忧郁并非毫无缘由。在人们眼中，弗林是个又老又怪又丑又聋的老头儿，尤其是孩子们，他们常常捉弄他。于是弗林终日形单影只，总是独来独往。

就算生活不尽如人意，他还是喜欢说些滑稽逗趣的故事，逗人发笑，笑声背后往往隐藏着对生活的热爱与向往。比如，他特别钟爱的圣科隆塞尔鼓励母亲的故事，这个故事是这样的：

"母亲，您今天过得咋样啊？"圣科隆塞尔问。

"不咋样！"母亲回答。

"那就祝您明天过得更不咋样！"他回复。

第二天，圣科隆塞尔又去问母亲同样的话，得到了同样的结果。

第三天，母亲终于受不了了，只好说："今天过得不错！"圣科隆塞尔这才说："那祝您明天过得比今天更好！"

善有善报，恶有恶报。这是弗林常常挂在嘴边的话。

他总是会笑着说这些故事。

他碰到过各种各样的事情，那些古怪奇异的人和事物，往往弄得他不是满心欢喜，就是黯然神伤。

我问过他有没有见过精灵，他告诉我："那些家伙烦死了！"我又问他有没有见过报丧女妖。"那还用说，"他说，"就在附近的河畔，我看到她用小手拍打河水。"

在两次拜访帕笛·弗林期间，我的笔记本迅速被他的故事和谚语填满了。前面的故事就是我从笔记中摘录的，只稍微做了一些修改。

现在，每当我翻开那本笔记本时，都会感到格外难过，因为空白页永远填不满了。

帕笛·弗林已经不在人世了。

他收到了一大瓶威士忌，这酒是我的一位朋友送给他的。虽然他是个挺有自制力的人，可是美酒的诱惑实在是太难以抵挡了。于是，在他持续数日开怀畅饮后，酒精对他本就不太健壮的身体造成了严重的伤害，弗林就这么去世了。

对于这位叙述天才的逝世，我伤痛不已，没有什么比这更令人遗憾和悲伤的了。

他和普通的叙述者完全不同。他似乎把天堂、地狱、精灵乐土和人间的故事都彻底搜罗了一遍，再毫无保留地讲给人们听。他或许没有走遍整个世界，但他说起故事来，简直像荷马那样博学多才。

我认为，深植于爱尔兰民族血脉中的情感和想象力，只有在像他这样的人身上才会得以延续。文学艺术所追求的不正是这些以象征和夸张来体现情绪的表述手法吗？

为此，仅仅叙述属于人的世界是不够的，我们需要放飞自己的想象力，将遐思拓展至天上地下。此外，还需要有足够的勇气，才能将这些天马行空的内容融合在一起。

所有的讲述者啊，不要畏惧展示你内心深处的故事，不要感到迷茫和忧虑。让自己展开想象的翅膀，去描绘那些栩栩如生、生动活泼的形象吧！

因为，所有看似不可能的事物，都存在于世间。

信仰与质疑

斯莱格郡西部虽然弥漫着浓厚的宗教氛围，可依然有对宗教持怀疑态度的人存在。

一位女士去年圣诞时跟我说，她认为一些虚无缥缈的东西都是不存在的。

在她看来，鬼怪传说只是牧师们为了劝人们行善而胡乱编造出来的，绝不可能有什么事物可以"在世间飘飘荡荡，居无定所"。

"不过精灵不一样。"她补充，"还有矮人啦，水栖马啦，被驱逐的天使啦……它们都是真的。"

有一个胳膊上有刺青的男人也是这么跟我说的："毋庸置疑，精灵当然存在。"他的观点和这位女士不谋而合。由此可见，人们会怀疑鬼怪的真实性，却都相信精灵，甚至连官方都对此持赞同态度。

本布尔滨山的格兰奇村发生过这么一件事，那是三年前的一个晚上，有个女帮佣在田间失踪了。村里流言纷纷，都说她是被精灵带走的。

根据他们的说法，当时有位村民就在这个姑娘身边，他拼命拉着这个姑娘，不让她被抓走，可没能敌过精灵——他一直拉着的姑娘竟然变成了一把扫帚。

村民们不得已，只能求助于当地的治安官。考虑到传说中的精灵将豚草视为圣物，治安官建议村民们把田里的豚草全烧了。

于是，在治安官的监督下，村民们花了一整晚时间焚烧豚草。到了第二天早上，姑娘真的出现了，她正一个人在田埂间行走。

她说："是骑着马的精灵将我带走的，我被带到了很遥远的地方。我走到了宽广的河面上，看到了坐在扇贝上的农夫顺水漂流，路上，精灵还提到了几名村民，说他们命不久矣。"

或许他们是正确的，或许这只是一场他们两人之间的奇幻梦游，毕竟这件事的真实性没有第三人能够做证。

事实上，除了那些已经是板上钉钉的真理外，总有人相信世间的确存在某种神秘的力量，所以才会有难以解释的现象发生。我们确实不应该简单地把事物分为"对"和"错"两种，不能直接将那些难以用常理解释的事情判定为虚假的谎言；反过来，我们也不能因为无知而盲目地相信一些东西。

在世间，我们每个人都在艰难行进，既没有烛光指引道路，也没有人替我们探路。我们只能独自摸索，不断地在荒原上探索着前进的道路。

毕竟，如果我们想要在心中为那些不可言说的事物留出空间，想要在现实世界中维系对生灵的温柔感情，就必须努力消除对生灵的误解。这些可能并非什么可怕的妖魔鬼怪，而是一系列等待我们去探索的谜题。

把话说白了，我们没有资格去判定什么是真理，什么是谬误，也没有办法一口咬定这些无法解释的事物是异想天开。换个角度来看，也许当我们包容这些看上去滑稽荒唐的事情时，真理之花或许早已悄悄在荒谬之土中生根发芽了呢。

恒久的心

这天，我到一个朋友家做客。他正在给我的《羊骑士》画插图，我在旁边和他的女儿聊天。当我们谈得正热络时，他女儿忽然说："父亲，给叶芝先生说说您的那个故事吧。"我们刚刚正在谈论的主题是爱情。

我的朋友笑眯眯地将烟斗从嘴里取出来，说："我年轻的时候，总在帮外祖父干活儿，所以人们总是用外祖父的名字'朵兰'称呼我。"

当时，朵兰最好的朋友就是约翰·布莱尼了。这天，朵兰陪他去昆斯敦搭船，因为他马上要漂洋过海到美国去。

他们在码头上等船时，发现一位女子坐在一张长椅上不停地哭泣着，眼泪像断了线的珍珠似的落下来，而两个男子在她面前大声争执着。

"我猜，"朵兰说，"这是她的弟弟和男友在吵架呢。一定是弟弟要送她去美国，所以强迫她跟这个男人绝交，要不，她不可能哭成这样。"

朵兰趁那两个男人离开的时候故意晃荡到女子跟前，没完没了地胡言乱语，说些"小姐，天气太差劲了"之类的话，想要逗那女子高兴。不一会儿，他就和女子聊起来了，接着布莱尼也加入了谈话。

许多天过去了，去美国的移民船迟迟没有到港。于是这三个年轻人结伴同行，在附近找起了消遣，在许多地方都留下了足迹。

不过船后来还是来了。女子得知朵兰并没有去美国的计划后，难过得大哭起来。

布莱尼登船时，朵兰故作轻松地对他说："老兄，君子有成人之美，我成全你俩，但你可别急着踏入婚姻的殿堂、爱情的坟墓啊。"

朵兰的故事刚讲到这里，就被他女儿的嘲讽给打断了："父亲，难不成你这话还真是在为布莱尼考虑？"

朵兰表示，自己当然是为他考虑。后来，在书信往来中他得知布莱尼和那女子订了婚，赶紧又写信重申了那些话。

可他们三人之间的联系，从这之后就断了。

但朵兰并没有忘记他的朋友，他一直都在打听他们的消息，还打算亲自到美国去看他们，只是他一直没有布莱尼夫妇的音讯。

又过了几年，朵兰的夫人逝世了。而他呢？就成了游手好闲、身体健康的富商。做生意时，他借机去了一趟美国。

他在火车上曾与一位爱尔兰移民闲聊，从那人口中，他得到了那名女子——磨坊主伊尼斯·拉斯的女儿的消息。

"我认得她。"那人说，"她丈夫是我的朋友，他们住在芝加哥。"

于是朵兰就去了芝加哥，他敲开了那名女子家的大门。

"开门的就是她本人。她这么多年来一点儿变化也没有。"朵兰激动地说。

朵兰向她报上名号，又提到了火车上遇到的那个人。但很明显的是，她已经不记得他了。不过，她依旧很有礼貌地表示，自己的丈夫乐意招待老朋友，并邀请他留下来用晚饭。

他们聊了很长时间。但当朵兰提到布莱尼时，那位女子立刻哭了起来，泪如雨下。

"她突然开始流泪，最后简直泣不成声。于是我就不敢再打听布莱尼的消息了，坐了一会儿，我就离开了。这就是我们的最后一次见面了。"

事实上，根据朵兰的说法，从始至终都不能确定那位女子是否真的认出了他。

"叶芝先生没准儿会为这个故事写首诗呢。"朵兰感叹道。

"不可能，父亲！"他女儿给他泼冷水，"那位女士根本不记得你了，叶芝先生哪里写得出什么诗来呢。"

确实，我到最后也没有为这个故事写出什么诗。这大概是因为在爱上了许多个薄情的可爱女郎后，我这颗心已经变得太过苦涩。

人世间，有许多东西经不起人们反复回忆与审视。

喜与忧

1

有个梅奥地区的女士对我说，她认识的一个女帮佣为了追求信仰牺牲了，因为那姑娘想看看上面的世界。

她跟我说这事的时候神情看起来非常愉悦，这并不奇怪，因为这些看似神圣的事是她所喜爱的。

她还跟我说，自己总能见到那些在教会听说的事物。

曾经她也幻视过悲惨世界的残影，但她并没有去追寻，或者试图一探究竟。

按她的话来说，只有那些美好的事物才会激起她的兴趣。

她问我知不知道哪个月最美妙，哪种花最动人。我并不知道这些，于是她告诉我："五月是最美妙的，万物生机勃勃；铃兰花在岩缝间顽强地开放，纯洁无瑕、不染尘埃，那是最动人的。"

她一次又一次地趴在窗台上，仿佛看到了天使们驱车跨过天空。他们歌唱着，有时还会翩翩起舞。据说《遥远的瀑布》是他们最常挂在嘴边的曲子。

金斯郡是她最常见到天使的地方。有一次，她这么告诉我："昨天夜里十一点一刻的时候，我正在等主人回家呢，忽然听见桌子那儿发出'砰'的一声——这是天使们惯用的把戏，他们是在发出警告，意思是说我在这房子里待得太久啦，是时候离开了。"

我和她提到有人因为看见精灵而昏倒的事情，她以一种颇为肯定的口吻告诉我："那么，他们见到的绝对不是精灵。没有人会因为看到精灵而昏倒，那些人看到的只可能是魔鬼，不可能是其他东西。"

关于精灵，正因为谁都没法儿证实其存在，所以每个人都有自己的说辞。

人们希望自己的幻想是正确的，并拿来作为谈资。

"无论精灵要对我做什么，哪怕是把我连人带床一起抛上天花板，再撞穿屋顶，我也不会觉得害怕。他们是不会进入我的房间的，否则，我会把他们抛向天空，让他们消失。"

在她的家乡，有这么一个人。这人颇为凶暴，甚至曾经杀死过一个精灵。

"一定是别人告诉了他制服精灵的魔咒！"她认为。

她觉得精灵和凡人做邻居是最合适不过的。只要凡人对他们投之以木桃，他们一定会报之以琼瑶。

"除此之外，他们对穷苦人也好得很。只是，一定得注意不能挡了他们的道儿，他们讨厌这样。"她这么说。

我想，她说的这些绝大多数人都能做到，她只是借由精灵的说法，给自己的生活增添一抹神秘色彩。毕竟，我从来都没有看见过精灵。

2

有位戈尔韦人能看到一切邪恶的事物。别人觉得他没准儿是个圣人，也有人觉得他大概是个疯子。不过，他所说的一些话的确会让人联想到古爱尔兰"三个世界"的传说。据说，这些传说启发了但丁创作《神曲》。

这个人见过传说中的世界，这是我想象不到的。这个人会因为仙灵而愤怒，他眼里的神都样貌奇异，是不祥之物的后代。

许多人认为精灵会把女子掳走，但他并不这么想。他只觉得凡人周围的仙灵多如牛毛。

"我认识一个神父。"他说，"他在路上找东西的时候听到一个声音对他说，'你要想看，索性一次看个够'。当他再次睁开眼睛时，面前全是仙灵，数都数不清。"

那些仙灵唱着、跳着，不过对这人来说，再能歌善舞的仙灵，也不能改变他对他们的厌恶。

他觉得只要人们不愿意见到仙灵，下个命令就能让他们乖乖听话，立刻消失。

"我从金瓦拉回来，路过树林的时候总觉得有什么东西跟着我，虽然听不到马蹄声，但能感觉到那东西应该是骑着马。于是我声嘶力竭地大叫：'滚远些！'他就立刻离开了。"

"我的一个朋友也有过类似的经历。"他这么告诉我。

他的朋友在临终前也感觉到有什么东西来到了自己床边，于是他也冲着那东西大叫"滚远些"，那东西就离去了。

"他们应该是被驱逐的天使。他们罪大恶极，无处可去，这才有了恐怖之地的存在，比如所谓的地狱。"他这么说。

他继续说："我曾经亲眼见识过那地方的模样。那里有高大的围墙，一扇紧闭的铁门，一条幽深曲折的小路。围墙左侧放着五个巨大的火炉，里面装的全都是被惩罚的罪恶之人。"

"还有一次，我见识到了更不一样的风光。"他继续补充，"那里就像是一片平原，四周什么也没有，就连围墙都没有。但是却有非常明亮的、如同闪电一样的火光，那些人就被这火光困在其中。那里没有恐怖的景象，那些人虽然在那里吃苦受罪，却还有解脱的希望。

"那里有人在呼喊着：'帮帮我吧，让我出去吧！帮帮我吧！'我循声望去，发现这个向我求助的是一个爱尔兰人，是我在军队里的老相识。我推测，他可能是奥康纳国王家族的后代。

"我尝试着向他伸出手，可是，我无法靠近他。他看到这种情况，便告诉我：'用你的祈祷来帮助我吧！'于是我就按他的吩咐去做了。"

当然了，祈祷对于逝者一向是有效的。在无法提供其他实质性帮助的情况下，活着的人唯一能够为逝者做的，便是祈祷了。

我们的山中女士

在基尔湖东边数千米处，住着一位年轻女子。她生得娇媚明艳，时常穿着蓝白相间的裙衫，到冒出许多蘑菇的山中散步。

她曾经给我写过一封信，讲述了她自己的一个故事：一群小女孩碰到了她，还把她当成了神话传说中才有的人物。

一开始，那群小女孩对她充满了恐惧，一下子就趴倒在了草地上。过了一会儿，另外几个孩子走了过来，这些小女孩才壮着胆子和那些孩子一起尾随她。

她察觉到这些孩子有些害怕，于是就停下脚步，主动向她们张开双臂，以示友好。其中一个胆子大的小女孩立刻扑进了她的怀里，一边扑还一边欣喜地嚷着："啊，你是画里的仙女！"

"不对，不对！"另一个孩子凑了过来，"她是下凡的神灵，你看她的裙子，就和天空的颜色一样。"

但是其他孩子都认为她是仙女，因为她的裙衫和故事书中仙女的

裙子一模一样。

这位年轻女子当然不是仙女，更不是神灵，她只是个普通人。孩子们的话语让她感到一阵不安。于是，她让这些孩子围着她坐下，向她们解释自己的真实身份。可是，这些女孩子对她的话并不买账，反而对她的仙女身份深信不疑。

她发觉自己的解释根本就是徒劳无功。

于是，她放弃了解释，转而对这些小女孩分享自己散步时的见闻以及一些小故事。突然，一位挂着拐杖、白发苍苍的老妇人匆匆赶来。她挥动双臂，严厉地驱赶孩子们，嘴里还念叨着："快回去，快回去！"原来老妇人觉得，这个年轻漂亮的女子正在劝诱这些小丫头去做什么坏事，于是她急忙跑来将这些小丫头赶走。

小女孩们叽叽喳喳地向老妇人解释，这位女郎是仙女，对她们非常温柔和善。可是，老妇人充耳不闻，执意要把她们赶走。

待女孩们离开之后，年轻女子决定继续她被中断的散步。她走了很长一段路之后，先前的一个小女孩忽然从路边的围墙上跳下来，拦住了她。那个小女孩问她是否需要清洗裙子，如果她也要洗裙子，那么，小女孩就相信她不是仙女，而是一个普通女子，因为仙女总是一尘不染的。

于是，她向小女孩展示了她裙子上的灰尘，这个小女孩大失所望，爬上围墙，垂头丧气地离开了。但是，才过了几分钟，小女孩就又出现在围墙上。她跳下来，愤怒地对着年轻女子大声嚷嚷："你居然只是一个普通的凡人！"

小女孩朝她扔了一把掺杂着碎石的泥土，哭着跑开了。美丽的女子回家后，发现自己遮阳伞的伞穗不见了，也不知道掉在了什么地方。

一年之后，机缘巧合之下，她又来到了山中。不过这一次，她穿着朴素庄重的黑色裙衫。这次，她又在山上碰到了那个认为她是仙女的小女孩，她发觉这小女孩脖子上戴着的正是她那失踪的伞穗。

"你还记不记得我？"她问小女孩，"去年我们碰过面，我就是那位凡人女士呀，我还给你和你的伙伴们讲了许多故事。"

"不对，那不是你！那不是，那不是！"小女孩情绪激动，坚决不承认。

最后，女子只是笑了笑，又送了她一串漂亮的伞穗。

人们只会通过肤浅的外表和着装去辨别他人，许多内心充满善意的人却遭受了冷落和排斥，尽管他们才最应当获得尊重和钦佩。

对苏格兰人的抗议

对精灵的信仰不仅存在于爱尔兰，也同样盛行于苏格兰。

几天前，一个苏格兰农夫告诉我，他很确信自家房子前面的那个小湖里藏着某些东西，这让他害怕极了。于是，他用渔网到湖中捕捞了一番，还试图要抽干湖里的水。

我忍不住想，不管湖里有什么东西，要是真被他找到，一定会落得个极为悲惨的下场。如果这样的事情发生在爱尔兰农夫身上，那么他们早就与这类生物达成和平共处的协议了。

在爱尔兰，人们相信凡人和精灵之间存在着一种微妙而复杂的情感，这种情感既不会太过亲密，也不会太过疏远，只是若即若离地存在于两者之间。双方在争论的时候是旗鼓相当的，但是他们都承认对彼此怀有感情。而且，双方都不会做出过分的举动，以理性克制自我，这是一种默契。

我曾经遇到一个来自坎贝尔的家伙，他到处向人吹嘘自己囚禁了一个精灵，并对其加以虐待。但是爱尔兰农夫可绝对不会做出这类事情来。

他说，他捉住了一个湿淋淋的东西，将她拉到马背上，捆在自己身后。那东西剧烈挣扎，想要逃脱，于是他用一根针去刺她，她瞬间就老实多了。

就这样，他们来到了河边。那东西对过河非常恐惧，在马背上不断地扭动，于是他再次用针去刺她，想让她保持安静，结果她尖叫了起来，还开口说话了："用锤子来打我吧，但是千万别再用那头发丝儿一样细长的针来扎我了！"

之后，他们来到了一家小酒馆。他找来一盏灯，用灯去照她，那东西立刻瘫软在地，化成了一摊泥水。

这故事听起来挺有意思的，如果他能编得更详细一点儿，说不定会有更多人相信他的奇遇。

一首高地歌谣记载了这么一段发生在精灵身上的悲剧，这也是爱尔兰人绝对做不出来的事情。歌谣中的故事是这样的：

精灵爱上了一个女子，这个女子平日里经常在山边挖草皮。为了表达对女子的爱意，精灵想出了一个办法。精灵每天都从泥土里伸出手，递给女子一把具有魔力的刀子，女子就用这把魔刀去挖草皮。

不久之后，女子的兄弟们觉得事情有古怪——一个女孩子怎么有能力把这样的粗活儿干得又快又好呢？于是他们决定一探究竟，瞧瞧究竟是谁在暗中给妹妹帮忙。

事情就这样败露了。他们看到一只手神奇地从泥土里伸出来，递给妹妹一把刀；妹妹挖完草皮之后，用刀柄敲击地面三下，那只手又伸出来将刀取走。

这个发现让他们兴奋不已。于是，有一天，当女子正要把魔刀还回去的时候，她的兄弟们忽然从暗处扑过来，从她手中夺走了那把魔刀，并残忍地砍下了精灵从泥土里伸出来的手。

从此以后，精灵再也没有出现过。

歌谣里说，精灵带着自己流血的胳膊躲进了大山里，他坚信是女子的阴谋令他失去了自己的手。

苏格兰人哪！你们太看重所谓统一的道德标准了，连带着整个民族的色彩都阴郁了起来。你们甚至强迫小人也要高尚，当一个恶人在山间遇见年轻女子的时候，你们竟然认为他会用"你住在什么地方，女士？需要我护送你吗？"这种礼貌绅士的话语作为标准问候。

你们还消灭了所有你们认为的异端，比如精灵。

如果在爱尔兰，人们对待所谓的"异端"会宽容许多。假如一个人遇到了精灵，绝对不会如此残忍。他们会加入精灵的行列，与他们并肩作战；精灵则会教爱尔兰人如何使用草药，并允许一部分人欣赏他们的歌声。

传说卡洛兰（一位演奏竖琴的爱尔兰盲人音乐家）曾经在精灵家中睡了一夜，梦中，他听到了精灵的歌声，这奇异而美妙的乐曲一直在他脑海中回荡，久久不曾散去。受此感召，他成了爱尔兰伟大的音乐家。

真是个美妙的传说啊！卡洛兰的每一份坚持与捕捉灵感的瞬间，都被披上了一层神秘的面纱，显得浪漫又温柔。

我想，精灵并不是真实存在的，就算是在故事中，当生命走到终点的时候，他们也会像海上的泡沫一样消失殆尽。不过，没什么好忧郁的，这反而证明了他们和人一样，而我们也可以拥有他们那样的智慧和力量。

在爱尔兰，友爱互助、和睦共处就是我们的信仰。爱尔兰人和苏格兰人对待信仰的态度是截然不同的，这就导致了爱尔兰人和苏格兰人对待精灵的态度，真是一个天、一个地。

关于精灵要是你想听听那些让人愉快、振奋人心的事情，就到爱尔兰来；要是你想知道什么恐怖下作、令人作呕的事情，那就去苏格兰好了。

我们爱尔兰传说中的精灵，哪怕偶尔有出格的举动，也只是为了向人类证明自己的存在，绝非有意引发惊天动地的灾难。

如果一个迷路的农夫走进一间荒宅，一整晚都被迫待在那里，与黑暗为伴，我们也不会为此过分担心。因为我们都知道，用不了多长时间，他就会被关心他的人寻到并奉上一碗热汤。

但要是在苏格兰，事情可就不会这么简单地结束了。他们早已扭曲了人类善良的本性。

我知道这么一个故事。有个风笛手叫作马克里姆，来自苏格兰西部的赫布里底群岛。他带着自己的风笛进入了海边的一个洞穴，他的爱犬紧随其后。很长时间之后，人们还能从洞穴外边听到他的风笛发出声音。

突然，风笛声便停止了。接着，人们听到洞穴里传来一阵打斗声。又过了很长一段时间，他的爱犬遍体鳞伤地从洞穴中爬了出来，奄奄一息，连叫的力气也没有了。而马克里姆呢？他再也没有从那个洞穴中走出来。

我还知道一个故事，讲的是一个人在湖中潜水，据说这个湖泊之中藏着神秘的宝藏。这人在湖里发现了一个极大的铁箱子，一只怪物守在铁箱旁，警告他从哪里来的就回哪里去。

这人被吓得破水而出，赶紧上岸准备离开。可是，那些在湖边围观的好事者听说了铁箱子的事情，便怂恿他再次下去。听了他们的话，这人虽然有些犹豫，但还是决定重新下水。没过多久，围观的人就看见大片的湖水被染成了血色，这人再也没有浮上来。

水怪在苏格兰民间传说中可以说是家常便饭。我们这儿也有这样的故事，可是并没有这么可怕。因为我们知道，人们不会在别人落难时袖手旁观，或是明知有危险，还怂恿人冒进。

据说，斯莱格河里有一个被水怪霸占的洞穴，许多人都对此深信不疑。但是，这也不妨碍那些农夫用这个传说开玩笑。人们在此基础上编出了各式各样离奇的故事。

当我还是一个孩子的时候，曾经在这条河里捕过鳗鱼。我的收获颇丰，捕到了一条巨大的鳗鱼。扛着这条鳗鱼回家的路上，我遇到了一位相熟的渔夫。

我向他展示了这条大鳗鱼，还绘声绘色地向他描述了之前碰上的一条比这条体格大三倍多的鳗鱼。我告诉他，本来我钓上那条巨鳗已经是板上钉钉的事了，结果，渔线被它拽断，就这么被它逃了。

"就是它呀！"渔夫对我说，"你不知道吗？就是那家伙，逼得我兄弟从这儿搬走了。我兄弟是个潜水员，他替港务局办事，替他们挖石头。有一天，那家伙游到我兄弟身边来问他：'你找啥玩意儿呢？''找石头。'我兄弟老老实实地回答。'你最好还是赶紧走吧，我的意思你懂不？''好的，先生！'"

"于是，我兄弟就这么搬走了。其他人都说他搬走是因为在这里混不下去了，可是呢，事实和他们以为的不一样。"

在爱尔兰，人们能够友善地和黑暗世界和谐相处。

凡人助力

在爱尔兰的古老长诗中，有许多凡人帮助精灵作战的记录。其中就包括库楚岚帮助芳德女神的妹妹与妹夫打败另一个族群，从而获取女神的芳心的故事。

有人跟我说，如果没有凡人帮忙，仙境的精灵甚至连曲棍球都不会玩儿。如果这种说法是真的，那为什么到现在都没有人收到精灵的求助呢？

人们自有一套说辞，他们将精灵的不存在，美化成了精灵求助时人们正在睡觉。

所以按照这个逻辑，精灵只可能在梦境或幻想中出现。

有一天，我和一位朋友走在戈尔韦的沼泽路上，遇上了一位面容古怪的老者，他正在路边挖沟。我的朋友坚信这位老者一定有些非凡的阅历，便极力劝他给我们说说自己经历过的稀罕事。

老者告诉我们，当他还是一个孩子的时候，在距诺科纳格尔不远的迪厄姆附近跟三十多人一起干活儿，这些人当中有男有女，有老有少。忽然，他们几乎都在同一时间看到前方八百米处汇聚了数以百计的精灵。

这些精灵的着装五颜六色，款式多样，甚至还有两个精灵的衣服和当时凡人的深色短衣颇为相似。

老者说，当时他看不清那些精灵在做什么，只是隐隐约约有种感觉，认为他们是在玩曲棍球。他指天画地发誓，说自己亲眼看到精灵们有时会凭空消失，然后从那两个穿深色短衣的精灵体内钻出来。

据他描述，那两个穿着深色短衣的精灵体型较大，和凡人相似；而其余精灵明显较为矮小。

老者愣在那里，呆呆地瞧了好久，这时，督促他们干活儿的监工忽然高高地举起了手中的鞭子，大声呼喝道："快点儿给我干活儿！赶紧的！再磨磨蹭蹭就是干到明年也干不完了！"

我问这位老者，那个监工有没有看到精灵，他不高兴地看了我一眼，说："他当然也看见啦！但是和看精灵玩曲棍球相比，督促我们干活儿显然重要得多，毕竟，他是给我们付了工钱的，可不能让自己的钱白白地浪费掉呀。"

在工头的监督之下，每个人都全神贯注地重新投入工作，以致他们对于精灵之后的行为一无所知。

这种情景，确实很符合孩子们天真无邪的幻想，不是吗？

蒙尘的明眸

1

在戈尔韦郡，吉尔塔坦男爵的领地内，村庄大多已荒废，只有少数几个地方散落着几座宅院。尽管如此，巴里力这个村庄的名字在整个爱尔兰却是广为人知的。

巴里力村有一座古老的方形古堡，里边住着一个农夫和他的妻子，以及他们的女儿和女婿。在古堡附近还有个磨坊，里边住着一个年纪很大的磨坊主。磨坊周围风景非常清幽，绿树成荫，河水潺潺，还有着宽大的石阶。

去年，我到过那里几次，和磨坊主谈到了一个名叫碧蒂·俄丽的女子。那是一位非常聪慧的女子，几年前曾经在克莱尔郡居住过。她曾经说过这么一句话："想要得到能治愈一切苦痛的神奇药方，只需前往巴里力，良药就藏在水车的两个轮子之间。"

我待在那里的时候，就试着向磨坊主和其他人打听她所说的"两个轮子之间"究竟有什么样的灵药，到底是河中的苔藓还是其他的草药。

今年夏天，我又去了一次，并且做好了在秋天之前重返那里的准备。不过，这两次造访都是为了一个名叫玛莉·海恩斯的绝代佳人。她在六十年前就已经在巴里力去世了，可是，她的芳名至今仍在爱尔兰民间口耳相传。

一位老人领着我从古堡出发，踏上了追寻玛莉·海恩斯踪迹的曲折道路。

"她曾经居住过的老宅子就在那里，宅子的大部分都已经被拆掉了，周围长满了灌木丛，不过也被羊啃得乱七八糟。"老人告诉我，"我听说，她是全爱尔兰最端庄标致的女子，有着雪花一样白净的皮肤，还有红润的脸颊。除此之外，她还有五个兄弟，个个都长得俊极了，不过，他们都已经不在人世了！"

我和老人谈到了一首诗，是爱尔兰一位叫拉夫特利的著名诗人为玛莉·海恩斯写的，诗中有这么一句话："巴里力有个坚固的酒窖"。老人向我解释说，这实际是指河流陷入地下产生的地下溶洞。

老人把我带到一个很深的池塘边，告诉我，清晨时分，这里会有许多鱼儿游出来。他说："它们是在细细品味从山上流下来的清澈山泉。"

我是从住在小河上游两英里处的一位老妇人那里听到这首诗的。她谈到玛莉·海恩斯的时候，充满感慨地告诉我："我从来没有见过有谁像她那样端庄优雅、讨人喜爱，恐怕这样的女子再也不会有第二个了。"

谈起拉夫特利的时候，她告诉我："他的眼睛几乎失明了，这样的人没有别的法子活着，只能东游西荡地过日子。他会挑选一户人家，暂作停留，这户人家的左邻右舍都会跑来看他的表演。如果主人客客气气地招待他，他就会为人家念赞美诗；否则，他就会用爱尔兰土话骂人！

"他才思敏捷，出口成章，可谓是全爱尔兰最伟大的诗人。有一次，他在一棵树下躲雨，立刻就吟诵出一首诗来赞美那棵树；没过多久，树上渗下来的雨水淋到了他身上，他又飞快地吟诵出一首诗来讽刺那棵树。"

这位老妇人用爱尔兰土语为我和朋友吟唱了拉夫特利为玛莉·海恩斯写的诗。这首诗用词凝练、意韵悠远，的确符合爱尔兰传统诗歌所应当具备的那些特点。

我那位朋友将这首诗的一部分翻译了出来，村民们自发翻译了另一部分。和别的诗歌的译文相比，这首诗显然更加质朴天然，更有爱尔兰歌谣的韵味。

这首诗的内容是这样的：

> 我们出门，去追寻自己的心。
> 忽然间刮起了狂风，下起了大雨。
> 我与玛莉·海恩斯在吉尔塔坦的十字路口相遇，
> 我瞬间掉入了爱情的陷阱。
> 我和她说话时温文有礼，

因为她待人也正是这样客气。

她告诉我说："我性子向来直爽，拉夫特利，

你今日就可以来到巴里力。"

听了她的提议，我丝毫没有迟疑，

因为这话正合我意，令我欢喜。

只需短短地走一段路，

天黑之前我们就能够到达目的地。

桌上摆着酒杯和美酒，

她坐在我身旁，金发光彩熠熠。

"开怀畅饮吧，拉夫特利，万分欢迎您，

巴里力有个坚固的酒窖。"

啊，璀璨动人的繁星；

啊，代表丰收的阳光；

啊，拥有一头金发的你；

啊，我的全世界。

如果每个礼拜日都来到我身旁，你是否愿意，

你是否愿意，在众人面前与我结为夫妻？

每个礼拜日的晚上，我将为你歌唱，

在桌上摆满你想喝的美酒陈酿。

啊，荣耀之王啊，

请为我扫清前方的重重路障，

让我找到通往巴里力的方向。

当你在山上俯瞰巴里力，

会发现那里的空气芬芳馥郁；

当你在谷底采摘坚果黑莓，

会听见鸟儿吟诵动人的乐曲。

然而，除非你注意到身边枝头上花朵的美丽，

否则，还有什么称得上举世闻名？

没有神灵可以否认，可以掩藏，

她是天上的太阳，将我的心灼伤。

我走遍爱尔兰的每一寸土地，

从河流到山顶，

即使是在深深的格莱湖畔，

也没有哪位佳人像她一样美丽。

秀发金黄，柳眉纤细；

五官娇媚，谈吐有礼。

她这样令人骄傲，

我以鲜花为其赠名，

她是荣耀之花，盛放在巴里力。

玛莉·海恩斯是她的芳名，

这位姑娘温和亲切，善解人意，

她不止容貌美丽，更美的是心灵。

纵使让所有的诗人绞尽脑汁为她歌颂，

也难将她一半的优点说尽。

有一位纺织女工曾经告诉我，她的母亲经常向她提起玛莉·海恩斯，因为玛莉很爱看曲棍球比赛，而且经常穿着一身白色的裙衫来到比赛现场。

"一次，有十一个男人同时向她求婚，可是她一个也没有答应。一天夜里，一群人聚在吉尔勃坎迪喝酒，谈论着这位美人，其中一个男人决定立刻动身到巴里力去见她，可是却在半道上失足掉进柯伦沼泽淹死了。后来，玛莉·海恩斯死于大饥荒到来前的那场瘟疫。"

另一位老人说，他第一次见到玛莉·海恩斯的时候还只是一个小孩子。"我们之中最强壮的一位男子名叫约翰·梅登。就为了瞧她一眼，约翰在夜里游过一条河去巴里力找她，结果却因为着凉而送了性命。"这个故事和纺织女工告诉我的故事很相似，要知道，传言总是千奇百怪、各式各样的。

在伊奇戈山里的德利卜莱，生活着一位老妇人，至今仍对玛莉·海恩斯记忆犹新。她是这么描述这位女子的："皮肤莹润洁白得就像从来没有被太阳和月亮浸染过一样；她美得无与伦比，面颊上总是带着两抹玫瑰红。"

在巴里力附近，住着一位满脸皱纹的妇人，她向我讲述过许多神灵的故事。提起玛莉·海恩斯，她说："我经常见到她，玛莉·海恩斯，她的确美丽动人、端庄优雅。我见过淹死在河里的玛莉·茉莉，也见过住在阿德拉罕的玛莉·居特里，但是就算是把她们加在一块儿，也比不上玛莉·海恩斯的美丽。她真是清丽脱俗哇。"

"玛莉·海恩斯是个心地善良的姑娘，"她继续回忆着，"有一次，我从外面回来，累得要命。她一看到我，就急忙迎上来，递给我一杯鲜牛奶。"

有个住在金瓦拉海附近的年轻人对玛莉·海恩斯并没有印象，但是向我转述了许多他听过的其他人对她的说法。

"所有人都说，如今再也见不到像她那样端庄优雅的女子了。据说，她有一头美丽的金色秀发，即便是在生活穷困的情况下，也依然保持衣着整洁、举止大方。要是她到集会上去，人们总是争先恐后地去一睹她的芳容，有许多人对她心怀爱慕。她还那么年轻就去世了，真是太可惜了，人们总说，那些被写进爱尔兰歌谣里的红颜都是薄命的。"

人们相信天妒英才，红颜薄命。凡人的情感是那样强烈，美丽的生命一旦过早凋零都会引来无数人的叹息。

那位唱歌给我听的老妇人同样认为玛莉·海恩斯是因为太过美好而提前离世的。"她太夺目了，她活在世上总让人怀疑世界是虚幻的。

有那么多人从五湖四海赶来，就为了看她一眼，我敢保证，她的魅力足以让任何人神魂颠倒。"

有一位住在杜拉斯海附近的老人也对此深信不疑。"有些还在世的人依然记得她在节日集会上的模样，他们都说她是全爱尔兰最端庄美丽的女子。"

年纪轻轻的玛莉·海恩斯就这样离开了人世，有种说法有些荒诞，但有许多人相信：她的早逝是因为过于美丽。同时，在那些被我们忽视的古老谚语之中，或许早已对她的早夭有所解释。在穷困的乡下，凡人无论是在信仰上还是情感上，都更加接近于古希腊，认为美的事物应当被供奉在万物之源周围，作为祭品。

但美不应成为牺牲的理由。

谈到玛莉·海恩斯的时候，人们总是会忍不住悲伤。虽然并不是每个人都心地柔软，但是谈起玛莉·海恩斯，就连最铁石心肠的人也会忍不住变得温柔。

使玛莉·海恩斯的美名传遍这片土地的拉夫特利本人，在爱尔兰西部也是大名鼎鼎的。有人觉得他并非完全失明，他们说："我见过这个人，他只是视力模糊一点儿，但这并没有影响他看清楚玛莉·海恩斯的面容。"

当然，也有人觉得他已经完全失明了，至少他在临终前一定如此。传言中，万事万物总是遵循它们原有的规则在发展。如，盲人绝不可能看见世间万物。

有一天，我动身去寻访一个池塘，传说中，那里有仙女出没。途中碰上了一个陌生人，我问他："要是拉夫特利双眼失明，又怎么能欣赏玛莉·海恩斯的美貌呢？"

"我觉得拉夫特利必定是失明了，"他这么回答，"但是盲人自有一套观察世间万物的独特方式。他们的感官比常人更加敏锐，也更善于猜测、联想和推理；他们的智慧和才能是特殊的。"

事实上，拉夫特利的确聪慧过人，每一个人都会这么告诉你。否则，他又如何在双眼失明的情况下成为一位才高八斗、家喻户晓的大诗人呢？

纺织女工曾经这么告诉我："拉夫特利的诗歌无与伦比。他行走于天地间，感受着微风与阳光，这就是为什么以前有些从未受过教育的乡下人会表现得比受过教育的人更加得体、更加聪明，他们的知识修养源于自然的馈赠。"

一位住在库乐的人是这么认为的："拉夫特利，他用手指点一点脑袋，就什么都能知道，就像是从书里直接把知识拿出来似的。"

还有一位来自吉尔伯坦的老仆说，拉夫特利有一次站在灌木丛中，用爱尔兰土语跟灌木丛对话。后来，那些灌木就全都枯萎了。

细细想来，或许是那个附身于灌木丛之中的声音向他传达了人世间的一切知识。

"你在前往拉赫西的路旁还能够看到那些枯萎的灌木丛呢。"这位老仆着重强调着。

拉夫特利曾经写过一首诗，是关于灌木丛的，不过我并没有读过。或许，这首诗就是根据这个传言写出来的。

大多数人都认为拉夫特利死去的时候孤身一人，不过，我有一位朋友宣称，在拉夫特利不久于人世的时候，身边是有人陪伴的。

"他创造了那么多美好的诗篇，他的精神绝不孤独。"

可以预见的是，或许几年之后，玛莉·海恩斯和拉夫特利在那些擅长将凡人改造成神灵传说的地方，一定会被塑造成悲剧与灵感的完美象征。

2

不久之前，我到北方的一个小镇去，与一位童年时的老邻居进行了一次畅谈。他告诉我，每当有美貌惊人的女孩诞生在一个父母双方都长相平平的家庭之中的时候，她的美丽会是一个奇迹，但也伴随着许多是非。

他给我举了几个他能够说出来的例子，随后总结道："美貌从不会给人带来幸运，无论是谁。它既会让人心生骄傲，又会让人为之恐惧。"

我至今都在懊恼，自己为什么不把他的原话记录下来。他讲述的故事可比我所能回忆起来的要有意思多了。

精灵女王

一天夜里，我和一位中年人、一位据说能够作出预言的少女一同在爱尔兰西部的沙滩上散步。据说，这位少女曾经在田野上的牛群中看到一抹莫名出现的、移动着的亮光。

我们慢慢地走着，来到了一处岩洞。据说，这里也是个经常有精灵出没的地方。

我问那少女是否察觉到岩洞中有什么异常，因为我想要向未知的存在打听某些事情。我对此感到好奇，我从来没有见过他们。她一言不发，看起来似乎是在沉思。于是，我朝着岩洞呼唤一些较为有名的姓名，指望把他们叫出来。

这个时候，少女忽然告诉我，她听到岩洞深处传来一些音乐声，还有些许含糊不清的交谈声，以及跺脚的声音，就像是在进行什么演出活动一样。

那个中年人也在不远处来回踱步，接着，他走了过来，告诉我们，有什么东西正在往这边来，因为他听到了小孩子的笑声从岩石后传来。

少女肯定了他的说法，说她也听到了小孩子的笑声。我环顾四周，除了我们仨，没有发现任何人。可是那位少女似乎非常肯定，那些声音在她耳中变得越发清晰。

又过了一会儿，少女说，岩洞中出现了一股极为明亮的光芒。在那股光芒的照耀下，有许多穿着各式各样、五颜六色小衣服的矮人正在跟着一支曲子载歌载舞，她从未听过那样的曲子。

我请求她邀请矮人们的王后到这里来，跟我们交谈片刻。少女试着朝岩洞里呼唤，却没有得到任何回音。于是，我照着她的话语向洞穴里喊了一遍又一遍，终于，一个美丽的高挑女郎从洞中走了出来。

我有些恍惚，可是，眼前的一切分明是真实的。我看见这位高挑的女郎戴着闪闪发光的金饰，看见她那一头乌黑柔亮的秀发。

我再次请求少女，让她告诉王后，将洞穴里的属下都给召集出来，让我仔仔细细地瞧瞧。少女像刚才一样朝岩洞里呼唤，我又跟着她鹦鹉学舌，喊了一遍，矮人们这才整齐地排成四列，从岩洞内鱼贯而出。

"这个岩洞是不是你们时常活动的地方？"我询问王后。

"当然不。我们更常出现在前面不远的一处洞穴那儿。"王后这么告诉我。

"你们是不是真的会把其他人掳走呢？"我又问，"你们是不是会李代桃僵？"

"我们只会交换躯体。"她这么回答。

"那你们是不是会走入世俗世界？"我继续问。

"是的，会的。"王后说。

"在我所熟悉的人当中，是不是有人曾经是你们的一员？"我追问道。

"当然存在这样的人。"

"那么是谁呢？"

"这个，我可就不能让你知道了。"

我问了她许多问题，例如，我想知道精灵究竟是怎么一回事，想知道他们为什么存在于这个世界上，诸如此类。可是，我的问题似乎太过详细，超过了王后能够容忍的范围。

最后，她终于对我的胡诌感到不耐烦了，我似乎听到一个声音在我的脑海中回响，那个声音向我发出警告：

"留神，当心，不要试图接近我们的秘密！"

我意识到自己的行为的确有些唐突，急忙向精灵王后道歉，并感谢了她对我的善意和慷慨。

于是，矮人们和王后逐渐消失在那个岩洞之中，一切又恢复了往常的平静。

我尽可能精准、详尽地将这些故事描述出来，而不掺杂任何理论知识，来干扰自己回忆之中原本发生的事情。理论知识会让这些事件失去原本的神秘色彩。因此，我将大多数理论知识弃之不顾了。

神　猪 /

几年前，我的一位朋友将自己年轻时遭遇的一件事告诉了我。

这事发生在他出门操练的时候。当时与他同行的是几个柯纳特村的芬尼亚会——一个秘密组织——的成员，他们都挤在一辆马车里，沿着山中小径往荒无人烟的地方去。他们扛着来复枪在山坡上操练了一会儿，就开始往回走。

下山时，他们发觉身后跟着一头猪。这是一头爱尔兰长腿猪，是非常古老的品种；它身材精瘦，不紧不慢地跟在他们身后。

这时候，他们当中的一个人忽然开玩笑说，这猪一定是一头神猪。其余的人为了附和他的玩笑，便装作害怕的样子，开始逃跑。不料，那头猪竟然跟在他们身后跑了起来。

在这一刻，本是装出来的恐慌似乎开始成真了，他们逃着逃着，玩笑似的心态变得认真起来，惊恐弥漫在每一个人心中。

他们冲上马车之后，使出了吃奶的劲儿驱车前行，马车跑得飞快，可是那头猪仍然对他们穷追不舍。有人举起来复枪，打算射击，可是当他瞄准的时候却什么也没有看到。

最终，马车平安地驶回了村落，村民们听说了他们的遭遇之后，纷纷拿起钢叉、铁锹之类称手的家伙，在这几个人的带领下原路返回，准备赶走那头猪。

可是，当大伙儿来到事发地点的时候，却发现那里根本没有所谓的"一头猪"。

一群绑匪

在斯莱格镇以北，本布尔滨山以南的那片平原上，有成片的石灰石。其中，有一个小小的白色方形区域，从来没有一只羊在那附近吃过草，也从来没有一个人敢去触碰它。

恐怕在这个世界上，没有任何一个地方会比这里更令人流连忘返，也没有任何一个地方会比这里更加神秘莫测，令人畏惧。

因为这个地方就是世外桃源的通道。

入口总是在夜深人静的夜晚打开。一支诡异的军队会从这个通道蜂拥而出，肆无忌惮地在平原上四处奔走，仿佛没有人能够看见他们的身影。

当然，也存在例外。在达姆克利夫或者德拉姆爱海尔这些地方，会有人从门缝中探出戴着睡帽的脑袋，寻思着这支军队到底在弄什么"鬼玩意儿"。

他们根据训练有素的视觉和听觉判断，田野上已经布满了戴着红帽子的骑兵，天空中回荡着啸叫一样的呐喊声。这种声音并不像母亲的呼唤般悦耳轻柔，根据占星家里力的描述，它"就像是爱尔兰人从喉咙里发出的咕哝声"。

如果附近有刚刚诞生的婴孩或是新嫁娘的话，人们就要留神了，因为这支队伍在这种时候真有可能玩些"鬼玩意儿"：他们时不时会将新生儿或新嫁娘掳走，带回山中，试图洗脑，让他们成为队伍中的一分子，在世外桃源过自由自在、幸福快乐、没有烦忧的生活。

最早进入世外桃源的人，有国王、王后和诸多王子。但是，随着世外桃源逐渐衰败，如今在我手中这份寥寥数语的记录之中，被掳走的就只剩下农夫了。

在斯莱格市场大街的西边，有一家肉铺。传说在 19 世纪初，那里坐落着一座《拉米亚》的诗中所描述的宫殿，不过事实并非如此，在那个时候，那里曾是一家药铺。这家药铺的老板奥潘顿只是一位名不见经传的医生，没有人知道他的来历。

那个时候，斯莱格住着一位女子，姓欧姆丝碧。她的丈夫得了一种令所有医生都束手无策的怪病，没有人知道他的病因，也没有人知道该怎么治疗，于是她的丈夫一天天地消瘦下去，濒临死亡。

欧姆丝碧夫人前来寻找奥潘顿医生，请求他的帮助。

接待员将欧姆丝碧夫人领进药铺的会客室，她看见一只黑猫正坐在壁炉前烤火，餐具柜里装满了形形色色的水果。欧姆丝碧夫人在心中暗暗思忖："吃水果一定能够让人保持健康，否则医生怎么会在柜子里放这么多呢？"这时候，奥潘顿医生走进了会客室。

只见他穿着一身黑衣，就像那只黑猫一样，浑身上下没有一点儿别的颜色；奥潘顿夫人跟在她丈夫身后，也是同样的打扮。

欧姆丝碧夫人从奥潘顿医生那里买到了一小瓶神秘的药剂，她丈夫服下这瓶药之后，很快就康复了。

奥潘顿医生还治愈过许多身患怪病的人。然而，当他的一位富豪病人去世后，奥潘顿医生、奥潘顿夫人和他们饲养的那只黑猫，也在第二天夜里一起失踪了。

过了一年，欧姆丝碧夫人的丈夫再次病倒了。这一次，她赶到凯恩斯福特去，拜访一位医术高超的医生。她深信自己的丈夫是被那些军队中的人给缠上了。医生听了欧姆丝碧夫人的叙述之后，嘟嘟囔囔地调配了很多药剂，很快，她丈夫又一次康复了。

可是没过多久，她丈夫又病倒了，而且病得比之前那两次都要严重。欧姆丝碧夫人又去了凯恩斯福特，医生仔细查看她丈夫的病情后明明白白地告诉她，欧姆丝碧先生这一次是必死无疑了。

果然，欧姆丝碧先生没能挺过这次发病，很快就撒手人寰了。从此以后，只要有谁提到欧姆丝碧先生，欧姆丝碧夫人就会摇着头说："他现在到底在哪儿，我心里很清楚，我想他现在应该生活得很不错。"

或许，欧姆丝碧夫人真心实意地相信自己丈夫的坟墓里埋藏的并不是尸骨，而是一截朽木——那是世外桃源的障眼法，他们把她的丈夫带去享乐了。这样一来，世人才会以为欧姆丝碧先生的确已经死亡了。

如今，欧姆丝碧夫人已经不在人世了，不过，很多人都对她还有印象。我想，她应该给我的哪个亲戚当过一段时间帮佣。

有时候，那些被掳走的人会在很长一段时间——大多数是七年——之后，被允许跟他们的亲朋好友见上最后一面。

许多年前，在斯莱格，一位夫人和丈夫在花园里散步时忽然失踪。当时，她的孩子尚在襁褓之中，什么事也不懂。这个孩子长大之后，得知自己的母亲是被人掳走的，便踏上了寻找母亲的道路。

据说，他的母亲被囚禁在格拉斯哥的一栋房子里，日夜盼望能够见到自己的孩子。那个时候，对生活在内陆的人来说，格拉斯哥简直相当于天涯海角，但是这个孝顺的孩子毅然踏上了征途，披荆斩棘，终于来到了格拉斯哥；在走遍大街小巷之后，他在一个既狭窄又低矮的地窖里，见到了正在干活儿的母亲。

母亲对他来说既熟悉又陌生。这位母亲告诉孩子，自己在这里生活得很愉快，吃得好、穿得暖，住得也很舒适。随后，母亲摆出了一桌美味佳肴，问他想不想在这里吃些东西。

孩子心里很清楚，这些珍馐并不属于他，如果自己吃了，说不定会就此沉沦在安乐乡中，再也无法回到凡人的世界去了。母亲摆出这些食物，是为了软化他，以便将他留在自己身边。于是，他什么也没有吃，直接返回了斯莱格的家中。

斯莱格往南大约九千米的地方有一个风景秀丽、绿树环绕的湖泊，那个湖泊造型非常独特，被称为"心湖"。

这里聚集着各种各样的飞禽，不过，除了苍鹭、水鸟和野鸭子，还有别的生灵也在此出没。就和草原上的白色方形石门中会出现世外桃源的军队一样，心湖之中也会涌现出许多光怪陆离的事物。

有一次，人们要抽干心湖的水。正当大家忙得不可开交的时候，有人高声大喊，说是看到自己家的房子着火了。其余正在忙活的人也纷纷回头去瞧，发现所有人家的房子都被笼罩在一片火海之中。人们抛下心湖，火急火燎地赶回去救火，才发现一切都是光的把戏，所有的房子都好端端的，什么事儿也没有发生。

我在一处离心湖不远的地方，从一个戴着白帽子的老妇人那里听来了一个世外桃源里的"人"掳人的故事，这个故事颇为凄美动人。那位老妇人讲故事时就坐在那儿，前后晃动着身子，以盖尔语轻柔地哼唱着歌谣，仿佛陷入了青年时代的回忆之中。

一天夜里，一个年轻人在赶往新娘子家的路上，遇上了一支乐队，这支乐队正在欢快地吹拉弹唱，边走边闹，而他的新娘子竟也在其中。这是一支由世外桃源里的人组成的乐队，他们才刚刚掳走这位美丽的新娘，打算让她成为乐队领头人的妻子。

在这个年轻人眼中，这只不过是一群快活的普通人罢了。他的新娘子认出了他，急忙招呼他过来，可是又非常担心，怕自己的心上人在毫不知情的情况下吃下他们的食物，被他们同化。这样一来，年轻人也会被他们掳走，不能再回归到正常的生活。于是，她安排他与乐队里的三个人坐在一起玩牌，以此来指点他逃走。一开始，他们玩儿得非常投入，年轻人没有发现任何不妥之处，直到他忽然看见自己的新娘子被乐队领头人搂着离开。

他猛然意识到自己身边这群人的真实身份，便一下子站了起来。

这时候，这些吹拉弹唱的人渐渐消失在了暗黑的夜色之中。

年轻人从梦中醒来，发觉这是个不祥的预兆，于是急忙往新娘子家赶，可是在半路上，他就听到了悲戚的哭丧声。原来，在他来之前，新娘子就已经离开人世了。

有一位懂得盖尔语的诗人将这个故事改编成了一首歌谣，不过，这首歌谣早已失传了。这位戴着白帽子的老妇人也只记得其中的只言片语，不过她还是尽量将这些全都唱给我听。

有时候，人们也会听到一些故事，是讲述被掳走的人成了仆从的。例如，我就在心湖附近听到过这样的一个故事，是关于哈克特城堡的约翰·吉尔温的。

吉尔温家族在口耳相传的故事之中，被农夫们描绘得神乎其神。人们觉得他们是凡人和精灵结合之后繁衍出的后代，这个家族成员素来以相貌美丽著称。我曾经在书中读到过，如今的柯伦克里勋爵的母亲就是这个家族的一员。

约翰·吉尔温是一位出类拔萃的骑师。有一次，他带着一匹骏马登陆利物浦，打算到英格兰中部去参加赛马比赛。那天夜里，他在码头上散步，一个瘦巴巴的少年走过来搭讪，询问他将自己的赛马安置在什么地方。

"唔，就在某某某地方呀。"他告诉少年。

"不要把你的马放在那里，"少年警告他，"今天晚上，那个马厩将会发生火灾。"

于是，吉尔温鬼使神差地牵走了自己的马，果然，那天晚上，马厩发生了火灾。

第二天，那个少年再次出现在吉尔温面前。少年向吉尔温提出，作为酬谢，希望能够骑吉尔温的骏马参加比赛。说完，少年就走了。

在比赛开始前的最后一刻，少年出现在了吉尔温眼前。骑上马背之后，少年告诉吉尔温："要是我用左手拿马鞭，就表示我会输；要是我用右手拿马鞭，你就把自己身上所有的钱拿来押我得胜。"

给我讲故事的帕笛·弗林说到此处，向我解释道，这是出于"左手是没有用的"这一论点。

"我要是用左手做事，不管我如何反复努力，都绝对不会成功，就像用脚去绣东西一样。"

最终，少年用右手拿着马鞭，吉尔温押上所有的钱赌他获胜，果然真真切切地赚了一大笔钱。比赛结束后，吉尔温问那个少年："我该怎么报答你对我的恩情呢？"

"我母亲住在你的领地上的一间农舍里。"少年回答他，"在我还是一个婴孩的时候，她就被掳走了。请为了我善待这个女人吧，约翰·吉尔温，如此一来，无论你的赛马在什么地方，我都会保佑它百病不侵。当然了，我们是不会有再碰面的一天了。"

说完，男孩立刻跑得无影无踪，再也没有出现过。

有时候，就连牲畜也会被掳走，其中，大部分是被淹死的。帕笛·弗林告诉我，在戈尔韦的柯莱尔莫里斯，有一位贫穷的寡妇，养着一头母牛和一头小牛犊。

一天，她的母牛失足掉进河里被水冲走了，她伤心极了。那一带的一个好心人便替她去找当地的红发女郎——一般而言，人们认为红发女郎擅长处理这类事情——寻求帮助。那位红发女郎吩咐他，把小牛犊带到河流尽头躲好。

这人按照她的吩咐去做，天黑之后，小牛犊因为饥饿开始"哞哞"乱叫，这个时候，母牛从河里走了出来，给牛犊哺乳。这个好心人按照红发女郎告诉他的法子，乘机一把抓住了母牛的尾巴。

那一刻，这人和母牛、牛犊一起，"咻"一下飞上了天。他们飞过了树篱，飞过了水沟，一直飞到了大山里。在那里，他看见了许多老相识，都是之前村里死去的人。

有个女子坐在低矮的围墙边，抱着一个孩子。这个女子叫住了他，提示他回想红发女郎告诉他要做的事情。他想起来，自己还没有按照红发女郎吩咐的给母牛放血。于是，他拿出自己身上的小刀，戳了母牛一下，放了一点儿血。这样一来，母牛感受到疼痛，清醒过来，终于愿意往家的方向走了。

"不要忘记拿拴牛的绳子呀！"那个抱着孩子的女子又提醒道，"你要拿最里面的那一根。"灌木丛里整整齐齐地摆放着三根拴牛绳，这人听话地拿走了最里面的那根绳子，平安无事地将母牛和牛犊都赶回了寡妇家中。

在农夫的故事里，被世外桃源掳走的人几乎存在于每一个山谷、每一处平原；就在心湖的不远处，有一位老妇人就曾在年轻时被人掳走过。

老妇人被掳走之后的第七年，不知出于什么原因，她又被送了回来。但是，她回来的时候，脚趾头都已经没了，那是因为跳舞跳得太多，把它们都给跳掉了。

在本布尔滨山那处白石门附近居住的许多人都曾有过被掳走的经历。

在许多山村中，你很难对生活诸事始终保持冷静理性的态度，就像在城市里生活时那样。

夜里，如果你走在蜿蜒曲折的小道上，从村边散发着香气的接骨木林中穿行，看见远方连绵的群山在缭绕的云雾间时隐时现，就很容易掀开理性那层薄薄的面纱。你会发现，那些超脱自然存在的生灵，那些世外桃源里的人，正源源不断地从北边的白色石门，或者南边的心湖之中蜂拥而来。

达姆克利夫和洛西丝

达姆克利夫和洛西丝一直以来都是灵异事件的多发地。我在这两个地方都住过很长时间，积累了许多关于神仙精怪的故事。

达姆克利夫是一处辽阔的绿色山谷，位于本布尔滨山。想必大家还记得，通往世外桃源的白色石门就在本布尔滨山。

洛西丝是一处被海湾切割开的平缓沙滩，这里绿草如茵，大地如同披上了一块绿色天鹅绒布。它位于本布尔滨山和诺科纳利亚中间，那片水域浪花四溅。古老的诗歌说："在本布尔滨山和诺科纳利亚，有多少航船因触礁而遭遇不幸。"

洛西丝的北边是一片海峡，这里潜伏着无数危机，任何一个脑筋清醒的农夫都不会在此打瞌睡，因为在这里睡上一觉，醒来之后就会变成傻子——毫无疑问是被那里的气氛吓成这样的。

在聪明的农夫眼中，这里苍翠巍峨的群山和一望无际的森林散发着神秘的气息；而当年迈的农妇眺望群山时，从不怀疑里面的未知与神秘，因为邪恶从未远离这里。

这些奇妙的只言片语只不过是传言，但正是因为传言的存在，我们的世界和传说中的世界才产生了关联。

一天晚上，我在 H 夫人家吃晚饭，她的丈夫给我讲了一个故事。回想起来，这大概是我在洛西丝听到的奇异故事中最精彩的一个。

"我从都柏林出发，坐船到马琳加去，再上岸步行。我累得要命，一步都走不动。

"和我同行的还有几个朋友，我们时而步行，时而搭顺风车。有一天，我们碰上了几个挤牛奶的小姑娘，就向她们搭讪，试图讨些牛奶喝。

"'可我们没有装牛奶的杯子呀。'"他模仿着那些小姑娘说话的腔调，"'到我们家里去吧。'"

"于是，我们跟着她们返回家中，坐在火炉边谈天说地。过了没多久，我的同伴们都借故离开了，只有我没走，我实在舍不得离开那个温暖的火炉。

"我向那些姑娘讨要食物，她们从悬挂在火上的小锅子里舀出肉，装进盘子递给我。我吃完之后，发现姑娘们已经离开了，再也没有回来。

"天黑了，我仍缩在那儿烤火。这时，两个抬着羊的男人走了进来，我吓得急忙站起身躲到门后。

"他们用烤肉叉子穿好那只羊，其中一个人说：'谁来翻动烤肉叉子呢？'另一个人说：'给我出来，麦克尔·H，这活儿该你来干！'

我浑身战栗，只好老老实实地走出来，依照他们的吩咐翻动烤肉叉。这个时候，第一个人说：'麦克尔·H，你要是把肉烤煳了，我就把你也穿上去！'

"说完这话，他们就离开了，我紧张地翻动着烤肉叉子，丝毫不敢大意。忙活到深夜，那两个人回来了。他们开始吃肉，其中一个认为烤得恰到好处，另一个觉得我烤得有点儿煳。

"一开始，他们俩就这样专心致志地吃着，根本没有理会我。吃了一会儿后，其中一个人说：'麦克尔·H，给我们说个故事听听。'我老老实实地说：'我不会讲故事。'可是话音刚落，我就被那家伙抓住肩膀，扔出了门外。

"那天夜里，狂风大作，我这辈子从未见过这么可怕的大风，那可真是惊心动魄的一晚，我吓坏了，根本不知道该怎么办。

"就在这时，另一个人走过来，抓住我的肩膀，问：'麦克尔·H，这下你愿意给我们讲故事了吗？'我急忙说：'愿意，我愿意！'

"于是，他把我抓回了屋子，扔在火炉边，下令道：'那你就快说吧！'

"我实在是没什么精彩的故事，只好硬着头皮说：'我一直坐在火炉边烤火，直到你们两个抬着一只羊进来；你们把羊穿在烤肉叉子上，还强迫我为你们翻动烤肉叉子。'

"'说得不错！'那人说，'现在，你就回到床上去吧！'

"我赶紧照他的吩咐去做，第二天早上，当我醒来的时候，却发现自己躺在一片绿色的田野之中。"

在达姆克利夫，时不时会出现某些预兆，昭示着接下来会发生的事，而且通常都会应验。例如，捕鱼季要是会大丰收，暴风雨前的云层中就会出现一片状似鲱鱼桶的云朵；在柯伦希尔海滨，要是在月光皎洁的夜晚，圣科隆巴本人乘着小船在海上漂流，就说明会有特大规模的丰收。

当然，也存在一些可怕的征兆。几年之前，有一个渔夫看到海平面上升起了一个名叫海·布拉泽的小岛。这个小岛是一片无忧无虑的乐土，但是，一旦它出现，就表示整个民族即将遭遇灭顶之灾。

达姆克利夫和洛西丝这两个地方经常能看见精灵鬼怪。无论是在沼泽、山寨、大路，还是在海岸，他们会以各种各样的形式出现——皮肤苍白的女子、穿盔甲的男子、行动迅速的兔子、站在火边的猎犬、发出尖叫的海豹，诸如此类，不一而足。

多年以来，我的许多亲朋好友都住在达姆克利夫和洛西丝周边，而我呢，却住在北边几千米之外的地方，接收不到任何有关神秘事件的信息。当我询问关于精灵的事情的时候，一位住在白色石门附近的妇人敷衍着告诉我："你走你的阳关道，人家走人家的独木桥，大家互不干涉。"

在探寻那些笼罩着神秘色彩的危险事件时，我经常遇到他人含糊的回应。通常，只有那些对我有深刻了解或者对我抱有深切信任的人，才会在这些神秘的话题上，谨慎地透露一些信息。

王后和愚者

在克莱尔和戈尔韦交界处住着一位名叫赫恩的医生。赫恩曾经告诉我，传言在每一个精灵家中，都有"王后"和"愚者"的存在。如果人们受到的是其他人的骚扰或纠缠，那还有摆脱的可能性，但要是碰上这两位当中的一位，那就真是无计可施了。

赫恩对我说，愚者"或许是所有人之中最具智慧的一个"，尽管从衣着打扮上看，愚者更像是"以前那种到处流浪的伶人"。后来，我的一位朋友帮我收集了一些关于愚者的故事，我听说在高地，愚者也是很出名的。

一位和我很熟悉的老妇人曾经信誓旦旦地告诉我，她和愚者见过面。"愚者的确存在于我们身边，说不定我们平日里见到的那些人当中就有愚者，就拿巴里力的阿曼丹来说吧，一到夜里，这些愚者就会加入到人群中；还有那些被称为'奥英思琦'的女愚者也是如此。"

老磨坊主的老婆也这么对我说："在大多数情况下，愚者都是友好的邻居。可是，若你被愚者触摸过，那就很有可能药石罔效了。任何一个触碰到愚者的人最后都会死去。我们管愚者叫作'阿曼丹·纳·布利纳'！"

曾经有一次，我碰上了一个高高瘦瘦、衣衫褴褛的人。他坐在一处磨坊小屋的壁炉边烤火。据说，这个人就是一个愚者。在我朋友帮我收集来的故事中，愚者会在夜晚人人酣眠时在街上四处游走，唱诵诗歌。不过，我并不是很确定他是否真成了另一个阿曼丹·纳·布利纳。

住在克莱尔边界的医生赫恩有个能够轻松治愈人和牲口疾病的亲戚，大概是他的妹妹还是别的什么亲戚告诉我："我可没办法包治百病，那些被王后或愚者触碰的人，我是完全束手无策的。

"我的一个朋友曾经和王后碰过面，王后的模样就和普通人没什么差别；但是我这辈子只碰上一个见过愚者的人，那是一名女性。

"就在赶往戈特的途中，她忽然叫嚷起来，说是有一个愚者跟在她的身后。她怪异的表现吓到了她的朋友们，于是她们也纷纷尖叫起来。我想，那个阿曼丹被她们声嘶力竭、撕心裂肺的尖叫声给吓跑了，所以这群人之中没有一个人受到任何伤害。

"根据她的回忆，那个愚者高大魁梧、体格健壮，赤裸着上半身。除此之外，她就不愿意再向我透露任何其他信息了。我本人从来没有见过愚者，但是我的亲叔叔机缘巧合之下，成为一位真正的递补愚者已经有二十一年了。"

我认识一位老人，拥有一把神奇的魔尺，只要用这把魔尺在你身上丈量片刻，他就能知道你得了什么病。这位老人是个万事通，他无所不知。有一次，他问我一个问题："一年之中，最糟糕的是哪个月份？"

"当然是五月。"我这么回答。

"不对！"他摇了摇头，"是六月，因为这是阿曼丹·纳·布利纳触碰人类的月份。"

人们都说阿曼丹看上去和普通的男人没有什么不同，唯一的区别就是他们的样子看起来比凡人要笨拙一些，肩膀也更加宽厚。

我认识的一个小男孩，曾经因为和阿曼丹打交道而受了好一番惊吓——他看到墙的另一头有一只长着胡子的羊羔将脑袋伸过来望着他，他知道这就是阿曼丹，因为当时正值六月。

于是，人们把他带到了那位有魔尺的万事通老人那里，老人望了他一眼，就吩咐道："赶快把他带到医生那里去检查！"人们依照他的吩咐行事，果然，那个小男孩保住了一条小命，活到了现在，还成了家。

有个叫作里柑的人曾经这么说过，愚者是和精灵、凡人都不尽相同的另外一种人，他们能够接近凡人，也能够触碰凡人。同样地，他也强调，被愚者触碰到的人必死无疑。

这或许只是心理作用，人们总是对愚者怪异的外表暗暗排斥，甚至怀疑他们会给自己带来厄运。

但不可否认，六月的确是人们口中的愚者最有可能四处出没、触碰人的时候。我认识一个少年，就曾经被愚者触碰过，他和我关系很好，亲口向我叙述了遇上愚者的整个过程。

一天夜里，一位绅士走到这个少年面前，少年认出了这位绅士——他是当地一个失踪已久的地主。地主吩咐少年跟着他，去跟另外一个男人单挑。于是少年听从吩咐，跟着地主，来到一处地方，见到了两拨剑拔弩张的人——其中一拨人也带着一个满脸疑惑的男人，少年的任务就是好好地修理这个男人一顿。

两人扭打在一起，少年占据上风，取得了胜利。于是，和少年同一阵营的人们欢呼雀跃，兴高采烈地将少年放回了家中。

三年之后，就在这个少年在树林里砍柴的时候，一个阿曼丹·纳·布利纳朝他走了过来。这个愚者手里捧着一个熠熠生辉的大陶罐，那光辉是如此明亮，晃得少年根本睁不开眼。接着，愚者把陶罐藏在身后，朝着少年所在的位置冲了过来。

少年告诉我，那个愚者看起来又强悍又健壮，吓得他赶紧转身逃跑。那个愚者拿出陶罐，朝着他砸了过来。罐子"砰"的一声摔碎了，里面好像涌出了许多不知名的东西，把少年吓得够呛，一下子就失去了神志，后来发生了什么，他根本记不起来了。

将这件事告诉我之后不久，少年就死了。在不久于人世的那段日子里，他总是糊里糊涂的，反反复复地向我们讲述着这段经历。他觉得，或许就是因为他打败了那个男人，才招致祸患，那段时间他一直很为自己担忧。

这估计是一个杯弓蛇影的故事吧。

在他过世的几天之后，我在戈尔韦的一家救济院里，从一位老妇人那里听来了一些关于愚者的信息："阿曼丹·纳·布利纳每隔两天会变化一次形态，有时候他看上去像是一个年轻人，有时候看上去又像是一头猛兽，他总是不停地尝试去触碰人类。我听说，后来，他被射杀了。可是我总觉得，要射死他并不是那么容易的事情。"

恩古司是古爱尔兰的神祇，掌管爱情、诗歌与灵感。有一次，我认识的一个人试图想象出他的模样，就在他想象的时候，一个戴着花环和帽子的人闯进了他的脑海中，那副模样无比鲜活，他还自称是"恩古司派来的信使"。

我还有一位伟大的预言家朋友，曾经在一片幻境中的花园里，看到一位戴着鸡冠状帽子，身穿白色袍子的愚者，那个花园里的树上甚至还长着孔雀羽毛。还有一次，他看到池塘里走出来许多翩然若仙的美丽女郎，而一位白衣愚者正坐在池塘边，对他露出微笑。

在我看来，愚者拥有强大的力量和高深的智慧，要是绝大多数人都能看见他们，那也未必是件好事。

传说中有精灵王后，却没有人知道谁是国王，这或许是因为女性比男性更容易获取从古至今流传下来的智慧与知识。

一些拥有特殊能力的女性原本可以获得洞悉一切的智慧，可是，她们却往往不大重视这份能力，即便无数男性都对这样的能力渴望至深。

"对她们来说，这种能力似乎并不比家庭和孩子有趣、重要多少。"那个曾经见过白衣愚者的人这么告诉我。

精灵的朋友 /

那些智慧与精灵相当的人，大多数都处于极其穷困的生活之中。不过，也正因如此，人们认为他们有着不同寻常的力量。这就好像是一个人遭受了不幸之后，人们就觉得这是上天对他的考验，他遭受了种种落魄潦倒，终将有一份能让所有生命重新焕发青春的奇迹作为弥补。

距离戈特不远的一处沼泽地，住着一位老人，名叫马丁·洛兰。他说自己从年轻时就一直能见到精灵，但是，我并不觉得他真的看见了他们，并就此和他们成了朋友。

在他临终前的几个月里，他曾经告诉过我，在夜里，精灵们总是用爱尔兰土语对着他嚷嚷，或者吹奏笛子，搅得他根本没办法好好睡觉。他向一个朋友求助，那个朋友却让他去买支长笛回来，只要精灵们在夜里闹腾，他就吹起刺耳的长笛，如此一来，没准儿精灵们就会离开了。

他依照朋友的计策去做，精灵们听到他的笛声，果然四散奔逃。他向我展示了那支长笛，还用它吹出了一种极为刺耳的声音。事实上，他根本就不懂演奏。此外，他还带我去看了那个被他拆掉的烟囱，据说之前有个精灵总喜欢坐在上面吹笛子。

不久之前，马丁的一个朋友约我一起去探望他，因为马丁说有"三个精灵"提醒自己将命不久矣。

"他们向我示警之后，就离开了。那些经常和他们一起出现，一起在我这屋子里玩耍的精灵们也离开了。大概，他们是觉得这里面太寒冷了吧。"马丁这么告诉我们。

说完这些话的一个星期之后，马丁就驾鹤西去了。

马丁的邻居们没有办法确定，他是否真的见过什么异象。马丁的弟弟说："他老了，看见的东西都是自己想象出来的。要是年轻时的他跟我们说这些，没准儿我们就相信了。"

马丁这个人目光比较短浅，和他的兄弟们相处得也不好。套用一句他邻居的话："很多人都觉得马丁所说的一些情况完全是自己捏造的，这家伙多可怜啊！"

"不过，在二十年前的那个夜晚，他说他看到精灵分成两队行走，那些精灵就像许多年轻小姑娘似的，那倒是一句实话。因为就在那天夜里，法泷的小女儿被掳走了。"

根据这位邻居的说法，法泷的小女儿遇上了一个满头红发的女子，这个女子的头发闪亮浓密如同上好的绸缎，她带走了法泷的女儿。

马丁告诉过另一个邻居，自己曾经"被精灵揪着耳朵"，因为他误闯了精灵们居住的一个山寨。她说："我相信其中的大部分故事都是马丁自己臆想出来的，昨天晚上他站在门口，我跟他说：'风老是往我的耳朵里灌，弄得呼呼响！这风声一直没有停下来！'"

"我说这话，是为了让他相信，他碰上的情况和我一样，只不过是听到了风声而已。可是他却对我说：'那不是风声！我听到的是精灵们的歌声，奏乐声，尤其是笛声——其中一个精灵正在用笛子奏乐给其他精灵听呢。'"

我知道他说的这个吹笛子的精灵。这个精灵就是迫使他拆掉烟囱的罪魁祸首，他很爱坐在马丁的烟囱上吹笛子。

我收到了一份记录，是一位朋友从北爱尔兰给我寄过来的，上面记载了一段发生在精灵与凡人之间的亲密友谊，当事人是一位老妇人。这位老妇人将自己的经历叙述给了我的朋友，于是，我这位朋友详尽地将她所说的事情原原本本地记录了下来。

事情的起因是我朋友与老妇人在谈心，她告诉老妇人，自己很害怕独自待在房间里，因为那些精灵传说令她心生不安；老妇人则安慰她说，这没什么值得不安的。"精灵可没有什么好怕的。"她这么说，"我和一位女精灵交谈过许多次，她和我们凡人其实差不了多少。"

"这位女精灵以前经常到你外公家那一带游玩，那个时候我还很年轻呢，这些关于女精灵的传闻，你早晚会从其他人那里知道的。"

我朋友对老妇人说，她以前或许在哪里听到过这位女精灵的传闻，但那已经是很久以前的事情了。所以，她希望老妇人能够再和她讲讲有关这位女精灵的事情，唤醒她的记忆。

"那好吧，亲爱的。"老妇人说，"我第一次听说这位女精灵的事情，是在你舅爷爷约瑟夫刚刚结婚的时候。那个时候，约瑟夫打算为他的新婚妻子造一栋房子。他把妻子安置在他父亲湖边的家里，然后邀请我父亲去帮他盖房子。

"出于方便管理工人的考量，我们家在新房子附近住了下来。我父亲是一个纺织工，他把纺织所要用的工具全都搬到了那处临时住所去。当时，所有建筑、装修需要的原料都已经准备好了，只待泥瓦匠到达就可以开工了。

"一天，我母亲正在干活儿，工地上忽然来了一位身量适中、貌美如花的绝色女郎。我至今仍然清楚地记得她那沉鱼落雁、闭月羞花的容貌。她穿着一件绿色羊毛长裙，披着一件灰色斗篷，头上裹着一条黑色丝帕，典型的农村妇人装束。

"这位女士看起来虽然娇小，个头儿却并不矮，甚至比一般人家的女儿都高一些。不过，我们都叫她'小个子夫人'。她大概三十岁，长相和你外祖母的妹妹蓓笛小姐很相似。我们常常议论说，没准儿'小个子夫人'就是你外祖母的某一个姐妹，只是她年纪尚小的时候就被精灵掳走了。

"或许事实正是如此，她对于我们的生活颇为关注，不断因生活中的一些事情向我们示警，为我们作出预言。那天，她一来到工地上，就开门见山地告诉我母亲：'立刻到湖边去！你去告诉约瑟夫，房子地基的选址必须马上换成其他位置，要换到我指示你们烧掉荆棘丛的位置，否则，他这辈子就与财富和好运无缘了。'

"那新房子一开始的选址位于'小路'上，我想，这大概指的是精灵们出行时用的小路。我母亲将'小个子夫人'说的话转达给了约瑟夫，约瑟夫依照她的吩咐去做，但是却出现了一些小小的偏差——地基没有完全建在'小个子夫人'指定的位置上。结果，约瑟夫刚刚搬进去没多久，他的新婚妻子就被一匹失控的马撞到，就此香消玉殒。

　　"就在这个时候，'小个子夫人'再次出现了，她看起来愤怒极了，怒气冲冲地对我母亲说：'约瑟夫没有依照我的吩咐去做，报应就降临在他妻子身上。'她经常提醒我母亲说，生活中有一些禁忌是万万不可以触碰的，如果想要平平安安地生活，最好不要去做那些事情。而在我们这群孩子里，只有我和她碰过面，她让我觉得很亲近。

　　"男人们从来没碰上过'小个子夫人'，包括我父亲在内。因此，他常常觉得我和母亲说的那些话是在骗他，往往为此大发雷霆。

　　"有一次，我和母亲坐在壁炉边烤火，'小个子夫人'忽然出现了。我急忙跑出去，到田里去找我那正在干活儿的父亲。'爸爸，你不是很想见见她吗？她正在跟妈妈说话呢！'

　　"可是等到我父亲急急忙忙跟我赶回家的时候，却什么都没有看到。父亲怒不可遏，抄起一把扫帚，狠狠地修理了我一顿，边修理边说：'我看你还敢不敢捉弄我！看你还敢不敢跟我开玩笑！'

　　"父亲离开之后，'小个子夫人'再度现身，她告诉我：'从来没有男人能够见到我，你把他带来见我，是会让他遭报应的。'

　　"于是，有一天，我父亲在牧牛的时候，被'小个子夫人'暗中捉弄了一番，把他吓得够呛。后来我父亲回到家中，惊魂未定，却禁止我们再提起'小个子夫人'的名字。

"之后，我父亲要到戈定去卖马。在他出发之前，'小个子夫人'来见我母亲，交给她一根海草，嘱咐她说：'你丈夫马上就要出门，这一路，他会被惊吓得非常厉害。但是，只要你把这根海草缝在他的衣服里，他就能少受些折腾。'

"我母亲认为，父亲只是受惊，并不会出什么事情，于是就自作聪明地扔掉了海草，没有按照'小个子夫人'的吩咐去做。结果，我父亲在去戈定的路上，遭受了这辈子最严重的一次惊吓，被折腾得够呛。

"母亲很是担忧，一方面，她很为父亲的情况挂心；另一方面，她很害怕'小个子夫人'对她发脾气，责怪她没有听从自己的吩咐。事实上，'小个子夫人'也的确这么做了。她愤怒地质问我母亲：'你不相信我说的话，还把我交给你的海草扔进了火堆，你怎么敢这样忽视我的良苦用心？'

"后来，她又出现了一次，吩咐我们把威廉·赫恩已经不幸在美国去世的消息告知住在湖边的每一个人。同时，她还命令我们，务必要把赫恩去世的详细情形、时间地点都给说清楚。之后，丧报传来，赫恩果然是在她所说的那一天去世的。

"还有一次，她前来警告我母亲即将发生的灾祸，可是，她的话才说到一半，就忽然说了一句我们听不懂的话：'莱迪小姐穿着盛装华服来到此处，我是时候离开了。'话音未落，她轻盈地转了一个圈，就升上了天空。她一边转圈，一边哼唱着动听的歌儿，越飞越高，越飞越远，就像一只展翅高飞的鸟儿一样，消失在了云端。

"'她究竟是什么人呢？'我问母亲。

"'天使抑或是仙女吧，谁知道呢？'我母亲这么告诉我。又或许只是我们为了自我安慰而共同幻想出来的形象，答案我们其实心里都清楚。

"就在我们讨论着的时候，你的外婆——莱迪小姐出现了。当时，她还是个年轻姑娘，我们齐齐仰望天空怔愣出神的模样，让她很惊讶。

"'小个子夫人'总是在白天出现，几乎从未在夜晚造访。仅有一次，是在万圣节的晚上。那天，我母亲正在烹煮万圣节的晚餐，她忽然出现在我们家，表示要跟我们共度万圣节。

"可是，她并没有跟我们同桌用餐，而是让我母亲将一盘鸭肉和一些苹果之类的水果放在另外一个房间里，她在那儿自己吃她的，我们吃我们的。饭后，我走进那个房间，看到盘子里的食物一点儿没少，可是她却早就消失得无影无踪了。"

村中怪事

我们在大城市中生活，被局限在自己小小的生活圈子里，只能瞥见整个世界的片隅。

而到了乡镇或村落，情况就不一样了。那里居住的人很少，也就不存在这种狭小的生活圈，反而让我们有了更广阔的视野和更充沛的精力，去领略整个世界多姿多彩的风貌。

每当走进村落尽头那间小小的酒馆时，我就不得不收起所有的奇思妙想，回归沉默，因为，这里没有人想要与你分享任何事物。

我们习惯于倾听、辩论、阅读、思考和探索，这有助于我们认识那些关于宇宙万物的道理。然而，无论如何，村里那些沉默寡言、不善思考的人对这些事情是毫无兴趣的。无论我们怎么高谈阔论，对他们来说，从古至今，手握铁锹、耕种纺织的生活，不会发生一丝一毫的改变；年节好坏，取决于自然规律，交替轮转。

村民们就这样沉默无言地看着我们，表情冷淡麻木，就好像那些马厩里的老马，两眼无神、目光呆滞地凝视着长满了锈的铁门一样。

在古代，那些绘制地图的人会在未经勘探的地域标注："此处常有狮群出没"；对于那些渔民和农夫聚居的村落，我们也只能用一句话作为标注："此处常有怪事出现"。因为，他们的生活环境，与我们是截然不同的。

我接下来将要叙述的故事，发生在伦斯特的 H 村，这里是众多民间故事与传说的聚集之地。这个村落非常古老，到处都是蜿蜒曲折的羊肠小道，修道院破败荒芜、杂草丛生；村里的码头也异常衰败，仅有几条小小的捕鱼船停在那里。

这是一个寂寂无名的小村落，不过，在昆虫学的记录中，它倒是有点儿名气。在这个村落的西边，有一个小小的河湾，如果你在那里连续蹲守几晚上，就会在某一天的黎明前，看见一种颇为罕见的飞蛾紧贴着水面飞舞。

一百年前，装满走私丝织品的意大利货船把这种飞蛾带到了此处。可是，要是那些捕捉飞蛾的人能够抛下捕虫网，转而去收集这个小村子里的传说故事，恐怕早就取得更加丰厚的收获了。

如果一个胆小鬼想要在夜间走进这个村落，恐怕得费尽心思谋划一番才行。有一次，一个人这么抱怨："我的老天爷，我到底应该怎么走才行呀？要是我从登伯伊山那里走，会被老波尼船长发现；要是我沿着水岸走，会被码头的无头鬼和其他妖怪察觉；要是我从修道院那儿路过，又会碰上围墙下边阴森森的守墓人；可是如果我干脆换个方向，又会在席尔塞德大门那里碰上斯图亚特夫人；走赫斯庇托小道，谁知道我会遇见什么。"

到最后我也没弄清楚他究竟走了哪一条路，我唯一能够确定的是，绝不可能是赫斯庇托小道。霍乱盛行的时期，人们在那里搭起了临时的窝棚，用于收容霍乱病人；疫情结束之后，人们拆除了窝棚，却拆除不了心中的恐惧和阴影。

H村有一个农民，名叫帕迪，是个高大魁梧、孔武有力的汉子，并且还是个禁酒主义者。他的妻子和姨母都晓得他有一身惊人的力气，经常对他醉后会做出什么失态的事情感到好奇。

一天夜里，帕迪路过赫斯庇托小道的时候，瞥见了一个怪东西。一开始，他以为那是一只野兔，可是过了一会儿，他又觉得那可能是一只白色野猫。等到帕迪走近一瞧，发现那个东西正在不停地膨胀，体积越变越大。看着这东西不断变大，帕迪觉得自己的身体越来越软，就好像所有的力气都被这东西给吸去了似的。于是，帕迪吓得转身就逃。

在赫斯庇托小道附近，还有一条"神圣小径"。一天夜里，阿卜纳希夫人开着房门，等待晚归的儿子。儿子还没有回到家，她的丈夫已经靠在壁炉边睡着了。就在这个时候，一个瘦瘦高高的男人走进屋子，径直在她丈夫身旁坐了下来。

"你究竟是谁啊？"女主人战战兢兢地问。

瘦瘦高高的男人立刻站起身，朝外走去，边走边说："千万别再在这个时辰敞着大门了。否则，坏人会畅通无阻地走进你们家里。"

阿卜纳希夫人连忙摇醒自己的丈夫，将这事原原本本地告诉他。

丈夫听完，感慨道："幸好有一位好心肠的人与我们在一起呀！"

我之前说的那个不知该如何赶路的胆小鬼，说不定最终选择的是斯图亚特夫人所在的那个方向，也就是往席尔塞德大门那里走。这位夫人尚在人世的时候，是一位牧师的妻子。

"她不曾伤害过任何人，"村里人都这么说，"她逗留在人间时，不是在修行，就是在做善事。"

在她守护的席尔塞德大门附近，一度出现过另一个人。这个人比她更有名，出没于勃艮路，这条路从 H 村的西部向村外延伸，途中杂草丛生，乱石遍布。

这是一场极为典型的乡村悲剧，我将把与它相关的历史详细地叙述出来。

在勃艮路尽头，有一间小屋子，那里住着一个壁画匠，名叫吉姆·莫格莫里。吉姆和他的妻儿们生活在这里，他的妻子身材高大，吉姆本人看起来则有些玩世不恭。不过，壁画匠的地位和他的邻居比算是较高的。

一天，吉姆喝醉了酒，被村里的唱诗班赶出来了，这让他闷闷不乐。于是，为了出气，吉姆回家之后揍了自己的妻子一顿，他妻子的妹妹得知这件事之后，便赶到吉姆家里，将他们家的百叶窗拆下来，殴打了吉姆一顿。要知道，吉姆的小姨子和他的妻子一样，身材高大，而且颇为健壮。

为此，吉姆威胁要告发小姨子，可是小姨子却反过来威胁他说："你要是敢去告我，我会打断你身上的每一根骨头。"

对小姨子来说，姐姐竟然会甘心被这样一个矮小懦弱的男人欺压，这令她恼怒不已。于是，她和姐姐断绝了来往，再也没有联系过。

这件事情之后，莫格莫里一家的生活越来越穷困潦倒，渐渐地，陷入了三餐不继的境况。但是，吉姆的妻子是一位心高气傲的女子，她对于生活上的困难绝口不提，没有让任何人知道这些事。

在寒冷的冬夜里，莫格莫里夫人常常连火都生不起来，要是在这个时候，凑巧有位邻居路过，她就会装作刚刚熄灭炉火，准备上床睡觉的样子。对于吉姆经常殴打她的事情，她也从来不向任何人诉说。

在这种凄苦无依的生活中，莫格莫里夫人日渐消瘦，越发羸弱。

终于有一天，莫格莫里家的最后一点儿食物也吃完了。莫格莫里夫人实在受不了了，便到神父那里去寻求帮助。神父出于同情，给了她三十先令，可是，这三十先令却被吉姆抢走了。而且，吉姆还为此打了她一顿。

可怜的莫格莫里夫人早已虚弱不堪，又被打得气息奄奄，倒在地上。好心的邻居帮她找来了凯丽夫人，凯丽夫人赶来之后，一看到莫格莫里夫人的模样就惊叫起来："天呀，夫人，恐怕您没有多少时间了！"凯丽夫人一边说着，一边叫人去请医生和神父，可是，这个苦命的女人还是在一小时之后去世了。

莫格莫里夫人辞世之后，吉姆更是变本加厉，对自己的孩子们完全不闻不问。于是，地主将这几个孩子送到了工厂去当工人。

一天，凯丽夫人从勃艮路回家，却发现莫格莫里夫人出现在这条路上，并且一直跟在她身后，直到她回到家中。

第二天，凯丽夫人去找神父，把这件事情告诉了他。可是，神父无论如何都不相信，竟然会有如此怪力乱神之事发生在周围的人身上。

几天后的一个夜晚，凯丽夫人再次在勃艮路的同一个地方碰上了莫格莫里夫人，这次相遇让她无比害怕，于是她匆匆走向附近的一户邻居，敲门请求邻居让自己进去躲避片刻。

"可是，我们都已经要上床睡觉了呀！"邻居这么回答。

"行行好吧！求求你了！你要是不让我进去，我可真是会砸开这扇门的！"凯丽夫人咆哮着。

最后，邻居把门打开，让凯丽夫人进去，这才摆脱了莫格莫里夫人的纠缠。

这事发生的第二天，凯丽夫人又到神父那里把这件事情说了出来。这一次，神父终于相信了凯丽夫人的话，他建议凯丽夫人主动与莫格莫里夫人谈谈。否则，莫格莫里夫人会一直缠着她。

于是，凯丽夫人在夜里到勃艮路去，第三次碰上了莫格莫里夫人。

"有什么事情困扰着你，让你无法安息啊？"凯丽夫人问。

"必须让我的孩子们离开工厂，我的骨肉至亲，绝不能在那样的地方做事。还有，要想让我尽早离开，你的速度得快些才行。"莫格莫里夫人这么回答。"要是我丈夫不相信你说的话。"她说着，用三根手指掐了一下凯丽夫人的手腕，"你就让他瞧瞧这个。"

凯丽夫人手腕上被莫格莫里夫人掐过的地方，迅速地浮起三道青黑色的印记。交代完这一切，莫格莫里夫人就消失了。

吉姆·莫格莫里并不相信这些鬼话，坚持说那些指印说不定就是凯丽夫人精神失常自己掐的。但出于愧疚、畏惧的心理，他还是把孩子们从工厂里接了出来。从此之后，莫格莫里夫人再也没有出现在勃艮路或其他什么地方，没有人再看见过她，想必她已经得到了安息。

也有人说，或许是凯丽夫人纯粹看不下去这家的混账事才编造了这些谎话。

不久之后，穷困潦倒、终日酗酒的吉姆·莫格莫里死在了工厂里。

我认识的一些人都说自己曾经在村里的码头那儿见到过容貌奇诡的人。除此之外，还有一个人曾经跟我说过，他在一个夜晚，路过公墓的墙根底下，有一个戴着白帽子的女人从墙上爬出来，一直尾随着他，跟到了他的家门口。

别的村民都觉得，他之所以被跟随，是因为这个不知名的女人受了冤屈，心中有怨气又无处求助；或者是这个男人做了什么亏心事，做贼心虚才幻想出这一切。"我死了之后，化成厉鬼也不会放过你"的诅咒，向来都是非常经典的。这人的妻子也曾经看到过有鬼魂幻化成狗，至少她自己是这么认为的，并且被这事吓得三魂丢了七魄。

这类故事都是关于那些在野外奇奇怪怪的幻象与偶遇，但是，还有一些人由于对家庭仍有眷恋，从生到死始终逗留在房子里，他们的数量也不少，简直就跟房檐下的燕子一样。

通常来说，那些驻守在家中的鬼魂都是善良无害的，有的甚至还会给邻居带来好运与帮助，人们可以跟他们和平共处，相安无事地生活在一起。

我记得，有两个孩子跟自己的母亲、手足住在同一间小屋子里，这家人在柏林大道上售卖鲱鱼，以此谋生。与此同时，小屋子里还住着一个鬼魂。

他们并不介意和鬼魂住在一起，因为他们很清楚，与这样一个博学多才的鬼魂住在一间小屋子里，会让他们生意兴隆，财源广进。

我认识几个住在西边村子里的人，他们也说自己遇见过怪人。不过，在柯纳特区，人们所遭遇的事情，和伦斯特区人的经历截然不同。

H村的怪人总是做一些真正称得上阴险可怕的事。他们的出现昭示着某个人即将死去、某项义务即将履行、某项债务即将偿还，或者某个受了冤屈的人即将前来复仇。他们所做的一切都是天公地道、井然有序的。

讲述这些故事的人，都是生活穷困、不苟言笑的渔民，在怪人的所作所为中，他们感受到了恐惧的独特影响力。而那些住在西边村子里的人所讲述的事件，则充满了一种从容不迫、有恃无恐的感觉。

这些讲故事的人都是农夫和工人，有时候也会为了糊口而打鱼。他们居住的土地贫瘠而荒芜，却有着其他地方难以比拟的美丽景致。他们头顶上的那片苍穹，云朵总是焕发着别样的美丽光彩。

对他们而言，怪人并不怎么值得害怕，因为他们能够从怪人的行为中感受到他们的优雅风度和幽默俏皮。

在某个西边的小镇里，码头早已荒废，处处杂草丛生。这里是属于怪人的乐园，他们会在这个地方集会。有人跟我说，曾经有个不信邪的家伙非要逞强，到那儿的一间屋子里过夜。结果，他被怪人们连人带床扔出了窗外。

在附近村落里聚居的怪人，往往会养一些很奇怪的小宠物。例如，有个老先生养了一只体型庞大的兔子，这只兔子将他家菜园里的卷心菜洗劫一空。

还有一个邪恶船长养了一只水鸟，水鸟藏在一间房屋的泥墙墙体之中，不断发出各种毛骨悚然的声音吓唬路人。直到有一天，那面墙被推倒，无处藏身的水鸟才尖叫着从坚硬的墙身里钻出来逃之夭夭。

黑暗力量

关于黑暗力量的传言在爱尔兰的土地上并不多见，因为，见识过这种力量的人寥寥无几。这里的人们更喜欢把心思放在那些神秘、奇妙的事情上。因为关于黑暗力量的事情，是无法用世俗善恶观念进行评判的，否则，道德评判会使原有的故事失去自由的色彩。

可是，有些人认为，无论在什么地方，能够满足凡人贪念的黑暗力量总会如影随形；有智慧的人还觉得，那些为了达到目的而修炼特殊能力，或是与生俱来具有特殊力量的凡人，是能够感知到黑暗力量的。这些人，要么在活着的时候就有超乎寻常的热情，要么从未真正活在世间，他们心中所潜藏的那份隐秘的邪恶，正在蠢蠢欲动。

据说，黑暗力量纠缠着我们每一个人，就像是纠缠古树的蝙蝠一样，赶也赶不走。不过，我们之所以不怎么听说黑暗力量的威力，是因为黑暗力量要想发挥作用是十分罕见的。

事实上，在爱尔兰，我几乎没有遇到过几个尝试与黑暗力量发生关联的人。偶然得知的几位，也近乎完美地将这种意图和行为藏匿得很好，从未在自己的生活里展现过。他们之中有些人只是某个地方不起眼的小职员，为了研究黑暗力量，他们会在某个遮着黑色帘幕的房屋内聚集。

他们从来没有让我进入过那里，但是，他们也很乐意在其他地方为我展示他们这个群体是如何活动的。

"到我们这里来，"领头人这么邀请我，他是个大磨坊的办事员，"我会让你跟他们面对面地交谈。"

在此之前，我曾经跟他谈论了许多在神思恍惚的状态下与天使或精灵沟通的事情，那是人意识模糊时的幻想。

我告诉他："我愿意到你们那里去。不过，我可不想被你们弄得神志不清，搞不明白发生了什么事情。我要清楚明白地知道，你们所谓的精灵是不是真的能够在正常状态下让我感知到、接触到。"

我并不否认其他生物的存在。我只是觉得，他们所谓的简单的祈祷仪式只会让凡人心神恍惚，在朦胧间体会到自我欺骗和催眠的力量，仅此而已。

"可是，"他为自己辩解起来，"我们曾经亲眼看到他们凭空移动家具。他们是答应我们的请求前来此处，帮助那些对他们一无所知的凡人的。"他的原话大概表达了这么个意思，这是我尽量回忆之后重现的谈话内容。

于是，在我们约好的那天夜晚，我八点左右到达了那里。当时，领头人独自坐在一间狭窄的小屋子里，穿着一件黑袍，那衣服看起来就像油画里的宗教法庭审判官所穿的那样，简直让他在黑暗中消失了——除了他那双金鱼一样的肿眼泡儿。

在他面前的是一张摆满东西的桌子，我看到上面有一个铜盘，盘子里装满了燃烧着的草药；一只大碗；一个头盖骨，上面画满了古怪的符号；两把交叉摆放着的匕首；一些我没有见过的器具，或许是用来打磨石头的。

仪式开始了。只见巫师从篮子里抓出一只乌鸡，用匕首划开它的喉咙，让鸡血流进那只碗里。接着，他打开了一本书，用低沉浑厚的声音开始祈祷。

在祈祷的过程中，另一位巫师走了进来，坐在我的身边。他看起来二十五六岁，也穿着一身黑袍。

负责祈祷的巫师就站在我的面前，他的目光炯炯有神，发出神秘莫测的光彩，这光彩穿透了斗篷上的小洞，感染了我。我无法摆脱这种目光对我的影响，突然感到头痛欲裂。

一开始，祈祷仪式中的一切都很正常。但只过了一会儿，巫师就站起身，熄灭了房间里的灯。这时，房间里没有一点儿光亮，只有铜盘里燃烧的草药发出的一丝微弱的光。同样的，房间里没有一点儿声响，只有祷告的巫师在不停低喃。

这时，坐在我身旁的人猛地摇晃起身体，他大声喊道："哦，我的神哪！我的神哪！"

我询问他是不是身体有什么地方不舒服，可是，他却完全不知道自己发出了叫喊声。过了一会儿，他又激动起来，说看到房间里有一条蛇在游走。

我没有看见任何东西，却能够感受到当时室内的空气沉重得都要凝结了。我之所以没有像身边的人一样胡乱挣扎、大喊大叫，或许是因为我陷入了某种恍惚的状态，我的思绪是完全混乱的。

这种感觉，想必就是黑暗的空间与周围的慌乱带来的。我经过一段时间的内心斗争之后，逐渐摆脱了这种凝重感。于是，我又清醒地观察起了周围的情况。

两位巫师都说看到室内有黑色和白色的柱子在移动，还出现了一位身穿僧袍的男子。可是，我却什么也没有看见。他们对此感到百思不得其解，因为，对他们而言，看到这些事物就和看到眼前的桌子一样实实在在、明明白白。

两位巫师开始逐渐发动他们的力量，我还是什么也没感觉到，只是觉得完全黑暗的密闭房间让我有些窒息，然而，这是正常的生理现象。此时此刻，坐在我身边的那位巫师已经陷入了一种濒死般的恍惚状态，于是，我竭尽全力抵抗着这种凝重的感受，希望自己不会受到影响。

最后，灯被再度点燃，这种如同驱魔术一样的祈祷仪式结束了，我的状态重新变得正常起来。

"要是你们召唤来的精灵控制了我，会发生什么事情呢？"我询问那位主持仪式的巫师。

"如果真是如此的话，你走出这间屋子之后，那位精灵的性格会叠加在你原有的性格之中。"他这么回答。

我询问他是从什么地方学到这些法术的，他只告诉我，是他的父亲教给他的，其他细节则不便多谈，因为他似乎发过誓，会把这个秘密带进坟墓中去。

后来，在很长一段时间里，我都觉得有什么奇形怪状的东西纠缠着我。现在回想起来，那只是我受了巫师的言语蛊惑而产生的心理作用。

光明的力量是美丽的、动人的；昏暗的力量有时美丽动人，有时古怪透顶；黑暗的力量，总是以一种丑陋可怖的形式，折射出其扭曲的本质。

毕竟，人在黑暗中总是会脆弱许多。

怪事趣闻

有一天，来自梅奥的年迈女佣告诉我，有些不受欢迎的东西沿着马路进入了街对面的那所房屋。尽管她并不愿意直呼其名，但我多少还是猜到了那些究竟是什么东西。

过了几天，她告诉我，她有两个很要好的朋友都曾经被"不受欢迎的东西"求过爱。当时，她的两位朋友之一站在路边，一个怪人骑着马走过来，邀请这位朋友上马共乘。她的朋友拒绝之后，那个人就迅速消失了。

她的另一位朋友，则是在一个夜晚，站在路边等待自己的情郎。当时，她听到"啪嗒啪嗒"的响动声，这动静渐渐地来到了她的脚边，她看到一张《爱尔兰时报》向自己的脸飞了过来。接着，这张报纸后面露出一张年轻男人的脸，那个男人邀请她跟自己去散散步，她拒绝之后，这个男子也立刻失去了踪影。

我认识的一位老人，住在本布尔滨山附近。有一天，他发现一个怪人躲在他的床底下摇铃铛。于是，他悄悄溜到教堂去，将那里的钟偷出来，用钟声把怪人吓跑了。

　　但是我对这件事表示怀疑。我觉得，那个家伙可能根本不是什么怪人，只是一个惹了什么麻烦不敢露面的可怜虫罢了！

旧 城 /

大约十五年前的一个夜晚，我似乎被精灵的魔法缠住了。

我和一个年轻人，以及他的妹妹一同到一个老农夫家里去收集故事。之后，我们在返程途中讨论起他讲述的那些事情。

我们的想象力在这些故事的引导下，天马行空、肆意挥洒，甚至开始兴奋得有些神志不清了。就在这个时候，我们眼前出现了许多不同寻常的景象，而且，这些景象绝不仅存在于我们的想象之中。

我们走在一条大道上，这条路十分阴森可怖，两旁长满大树。女孩说，她看到有一道亮光缓缓从路面上扫过，可我和她的哥哥都没有瞧见这道光，也没听到任何动静。

走了大约半小时之后，我们拐进了一条小路，这条小路通往郊外，那里有一座废弃的教堂，长满了爬山虎。

这个地方被称为"旧城"。据说，这里在克伦威尔时代，就被烧毁了。

我们在这个地方站了一会儿，打量着四周的景象。周围到处都是乱石、树丛和荆棘，除此之外，什么也没有。忽然，我看见地平线上有一个光源在闪烁，虽然微小，却极为明亮。那个光源似乎在缓缓上升，紧接着，又出现了许多和它一模一样的光点。最后，一团大如火炬的光球飞快地掠过。

一切看起来都如此不真实，我们仿佛置身于梦境之中。在此之前，我从未在自己的记录中提及此事，甚至，出于某种缘由，我也不愿回忆起这段经历。这有可能是因为，我对任何自己觉得不太真实的所见所闻，都不愿意回忆吧。

几个月前，我再次和那两位朋友提起了这段经历，共同回忆起了这件事，又用自己的记忆和他们俩的记忆做了比对，那种不真实感反而更加明显了。因为，就在这事发生后的第二天，我又听到了一些难以用语言描述的声音，可是，那声音却是完全真实的，而且，我也能够清晰地回忆起那时的情况。

当时，那个女孩就坐在一面镜子前阅读，我在她身旁做着同样的事情。忽然，一阵如同豌豆落在镜面上的声音钻入了我的耳中。当我看向镜子时，那个声音又变成豌豆砸向墙壁的声音了。我不免觉得，是不是之前在旧城遇到的那个东西跟着自己回来了呢？或者说在最开始，在朋友的妹妹看到那个亮光的时候，那个东西就已经跟在我们身后了呢？

男人和他的靴子

　　朵尼戈尔有个人，从来不相信怪力乱神的事情，更不愿意听什么神仙精怪、幽灵恶魔的故事。在朵尼戈尔有一栋房子，已经荒废了很久，打从有人在附近活动，那里就一直有闹鬼的传闻。接下来，我就要说说这鬼屋吓唬人的故事。

　　据说，那个不信鬼神的男人闯进鬼屋之后，在一楼的大厅生了一堆火，然后舒舒服服地伸长了腿，坐在那儿烤起火来。他还脱下靴子，放在火边烘烤。

　　一开始，一切都非常正常，这让那个人更加坚信闹鬼完全是无稽之谈。直到夜里，鬼屋变得昏暗起来。

　　忽然，一只靴子自己动了起来。它从地上猛地立起，慢慢地往门口的位置挪了一步。这时候，另一只靴子也跟着挪了一步。接着，第一只靴子又挪了第二步。

　　那个男人惊呆了，他不得不开始思考那些他原来从不相信的事情。

他觉得，一定是有什么看不到的东西套上了他的靴子，正到处乱走。

靴子走到门边之后，又上了楼。不久，男人听到靴子在头顶的地板上不断发出踢踢踏踏的声音，似乎在到处走动。

几分钟之后，他听见靴子从楼上走了下来，朝他所在的位置走了过来。其中，一只靴子高高跃起，对着他狠狠地踹了一脚。接着，另一只靴子也踢了他一脚。这样一来，两只靴子轮流着踹他，直到把他从屋里轰了出去。

就这样，这个男人被自己的靴子赶了出来。

这个看不见的东西究竟是神灵还是鬼怪，还是男人的臆想，就无从证明了。不过，曾经有个胆大的家伙想要效仿他，也在鬼屋过夜。然而，等到第二天清早，那个人的靴子还是好好地留在原地。

懦 夫 /

我有个朋友住在本布尔滨山与科普司山一带，他是个农夫，体格非常健壮。

有一天，我到他家做客，在他家里遇上了一个年轻人。据我观察，朋友家的两个女儿都特别讨厌这个年轻人。

我问她们为什么那么厌恶他，她们告诉我，这个人的胆子比一只蚂蚁还小，是个懦夫。这话让我感到好奇，在那些精力充沛、无畏无惧的人眼中，许多人都是懦夫。但是，很多被斥责为懦夫的人，实际上都只是神经系统太过于敏感罢了。

于是，我细细端详着眼前的这个小伙子：他面庞红润，高大健壮，看起来并不像是两个女孩所说的那种人。我们相处了一段时间，他将自己的亲身经历告诉了我。

以前，他是一个天不怕地不怕的人。直到两年前的一个深夜，他在走路回家的途中，感觉自己似乎哪里不太对劲。

突然间，他死去兄弟的面孔栩栩如生地浮现在他面前，他惊恐万状，掉头就跑。他不停地跑，直到冲进一间茅草屋，才停下来。他冲得那么用力，把粗壮的门闩都撞成了两段，他自己也失去平衡，结结实实地摔在了地上。

从那以后，他就变得疑神疑鬼，成了别人眼中的懦夫。

他再也不敢经过那个让自己"见鬼"的地方。为此，他宁愿绕道两英里。他甚至宣称，即使是村里最美丽的女孩，也无法说服他在派对结束后送她回家。

他变得谨小慎微，稍有风吹草动就心惊肉跳。当然，这件事确实让人费解，因为他仅凭一次模糊的印象就草率地作出判断，并为此终日提心吊胆，永远生活在恐惧的阴影中。

一个幻视者

前些天，有个年轻人来我家见我，我们畅谈天地之始、宇宙之源，以及诸多有趣的话题。之后，我询问了他的生活状况和创作情况。

自从我们上次见面之后，他创作了许多诗歌和神秘主义画作。然而，他最近既未写诗也未绘画。他将自己的全部精力都集中在强化自己的意志、充沛自己的精力以及寻求心灵的宁静上。他很担忧，觉得艺术家的激情生活对他并无益处。

尽管如此，他还是为我背诵了几首自己的诗作。我知道，这些作品之中的一部分并未被实际写出来。但是，对他而言，这些诗作全都是烂熟于心的文字。

这些诗句采用了奔放的韵律，就像是芦苇丛中刮过一阵狂风一样。我从中体会到了凯尔特民族独有的深沉与哀伤，以及他们对世界上所有未知之物的执着探索精神。

忽然，我发现他的表情变得十分激动，还瞪大了双眼。

"你看到什么东西了吗？"我问。

"一位光彩炫目、长着薄翅的女郎，她就站在走廊边上，长长的秀发覆盖着身体。"他这么回答。

"会不会是哪位依然在世的人想到了我们，于是，以一种近似象征的形式出现在了我们面前呢？"我问道。之所以这样问话，是因为我很熟悉这些幻视者的语言习惯，也很清楚他们的思维方式。

"不是的！"他说，"如果那只是一位在世者的思维，那么，我的身体会感受到正常人的生命力，我会心跳加速，呼吸急促。而她，肯定不是在世的人。她要么是一位逝者，要么根本就不存在。"

我问他的正式工作是什么，他说自己是一所大型商场的职员。不过，要是能做些真正感兴趣的事情，他其实更愿意在山间漫步。他喜欢和那些疯疯癫癫、终日忙于幻想的农夫交谈，喜欢劝导那些满怀心事的人向他敞开心扉。

后来的一天晚上，我到他家中做客，在此期间，陆续有人上门拜访。他们谈着各自的信仰、心中的疑虑，仿佛沐浴在他智慧的光芒之中。

在他和这些人交谈的时候，有那么一些时刻，他会忽然看到幻象。据说，他能够对每一个人的生活经历如数家珍，甚至能够一一说出他们亲朋好友的事情。他看起来还只是个半大的孩子，却比最年迈的长者知道得还要多，这项奇异的能力令他的朋友们都对他颇为敬畏。

在他创作的诗歌中，也能充分展现出他的这种特质。有些诗写到他确信自己曾在其他世纪生活；有些诗写到他在和别人交谈的时候能够窥见对方的真实想法。

我告诉这个年轻人，我希望能够写一篇文章，讲述他和他的诗歌。他同意了我的请求，但是不希望我在文章中提到他的真实名字，因为他不希望自己平静的生活遭到外界的扰乱。

第二天，我收到了他寄来的一叠诗稿和一张便条，上面写着这样几句话："这里有几首您喜爱的小诗，谨此奉上。我觉得，我再也不会写诗，再也不会作画了。我得做好准备，去迎接新生，以及生活的轮回。我得扎牢我的根茎和枝条，等待绿叶生长、花朵绽放的时刻到来。"

在这些诗歌中，他用了许多生僻晦涩的意象来表现一种虚无缥缈、难以捕捉的情绪。撇去表达的情绪和认知太过主观这一点，它们的确创作得十分精妙。

他似乎认为书写只不过是一种非常愚蠢的行径。在外行人眼中，这些文字或许就像是无名的铜币上铸刻的玄妙字眼儿一样，晦涩生僻，难以读懂。或者是因为人们很难通过文字确切地捕捉到他脑海里迸发出的思想火花。又或者是因为，他的思想过于美丽，所以这种草率的表达方式，并不能把他脑海里迸发出的思想很好地展现出来。

这个年轻人经常为自己的诗歌配上插图，虽然他的画作比例并不精确，但他拥有极为出色的审美能力。

他所信仰的东西赋予了他无穷无尽的绘画灵感，尤其是埃尔奇顿的托马斯——苏格兰神话传说中的伟大预言家——在晨曦之中冥想的场景。在这张画中，一位年轻而美丽的仙子探出身子，姿态温柔，在托马斯耳边低声细语。

他喜爱强烈而鲜明的色彩效果：在他的画中，精灵的脑袋上长着色彩缤纷如孔雀羽毛般的发丝；鬼魂脚下踏着鲜红的火焰，将手伸向璀璨的星空；妖精手中捧着七种色彩交织的水晶球。

但是，在这鲜艳而明丽的色彩之下，隐藏着他对脆弱人性的深切体恤和耐心引导。他在精神上的求索吸引了许多和他有着相同志向的人，更吸引了那些为短暂欢愉而感到哀伤的同伴。

其中，有一个人颇为特殊，给我留下了深刻印象。

那是一位年迈的农夫。一两年前的冬天，这个年轻人经常晚上到山里去，与这位老农交谈。对于别人，这位农夫总是三缄其口；但对于这个年轻人，他可以说是知无不言、言无不尽。

这大概是因为他们之间有这么一个共同之处：两人的生活都郁郁不得志。年轻人意识到自己在艺术领域天赋有限，而老农夫则惊觉自己年事已高却还是一事无成，他们对于未来也毫无期望可言。这两个人都是极为典型的凯尔特人，穷极一生都在追寻着难以用语言和行为表达清楚的目标。

这位老农夫心中郁结难舒。有一次，他忽然喊叫着说："美好的事物总能轻易被天才感知，属于我的必定在哪里等待着我！"除此之外，他还常常长吁短叹，说自己的老邻居们都不在了，再也没有人记得自己了。

从前，无论是在哪间农舍里，人们总会为他留下一把靠近篝火的椅子；现在，人们提到他的时候总会语带不屑地说："那个老家伙是什么人啊？"

"我算是活到头啦！"晚上闲聊时，他总爱这么说上一句。说这话的时候，他脸上的泪水在月光下闪闪发亮。

我一想到那个年轻的诗人，便会想起这位年迈的农夫。在我看来，这两个人身上都具备凯尔特人的那种狂放不羁的特质。一个人将这种特质诉诸绘画和诗歌，另一个人则诉诸语焉不详的话语。这种特质是普遍存在于凯尔特人之中的——无论是凡人中的幻视者、农夫里的普通人，还是贵族中的决斗者，都不例外，甚至在许多爱尔兰神话传说中，都能发现这种特质。

例如，库楚岚与大海搏斗了两天两夜，直到大海吞噬了他的生命的故事；又或者是克乌提亚大闹神灵宫殿的故事；抑或是奥新花费了三百年时间，试图以仙境的所有欢乐填满自己那永不满足的贪婪之心的故事。

这一切的一切，都源于不可思议的凯尔特精神。关于这种精神，尽管人们冥思苦想、极尽钻研，也无法将它深刻的内核琢磨明白。

羊骑士

在本布尔滨山与科普司山以北，生活着一位身强力壮的农夫。要是从前，人们一定会称呼他为"羊骑士"。他的家族自中世纪起就以骁勇善战著称，这令他无比骄傲。

无论是言语还是行动，他都不甘于人后。在这个世界上，若论骂人的功夫能与他不相上下的，恐怕只有那个住在高山之巅的家伙了。

"老天啊，我究竟做了什么，要遭受这种报应呢？"农夫找不到烟斗的时候，总会发出这样的抱怨。

这个农夫脾气非常火暴，就像吃了炸药一样，极容易陷入暴跳如雷的情绪之中，在他发怒的时候，总会用左手乱抓自己的胡子。

有一天，我在他家里吃晚饭，女佣进来通报，说有一位欧多纳先生前来拜访。

此话一出，我发觉农夫与他的两个女儿都陷入了一种奇异的沉默之中。最终，是他的大女儿先开了口。她用一种严肃的口吻对自己的父亲说："去把他请进来，邀他与我们一起用餐。"

农夫走了出去，可是他很快又走了进来，满脸如释重负地说："他说，他不与我们一起用餐了。"

"快点儿把他请进来！"他的大女儿高声下令，"把他请到后院去小坐片刻，给他倒上一杯威士忌。"

这时，农夫已经吃完了饭，只得按照女儿的命令去做。他将这位欧多纳先生带到后院的一处小屋里去，那个小屋平时是女儿们做针线活儿的地方。

"欧多纳先生是我们这里的税务官，去年，他涨了我们应该缴纳的税金。"大女儿向我解释，"这让爸爸很生气。上次欧多纳先生上门的时候，爸爸把他带到挤奶室，支开挤奶女工，将他大骂了一顿。"

"当时欧多纳先生对他说：'我得提醒你，先生，法律可是会保护它的官员的！'但是我爸爸反倒开始耍无赖了，他觉得，欧多纳先生没办法找到任何证人，来证明他有侮辱政府官员的行径。

"爸爸骂累了之后，也有点儿后悔，于是他主动示好，说要送欧多纳先生抄近路回家。可是，就在他们快要走到大道上的时候，碰上了爸爸手下的一个帮佣，那人正在田里忙活。也不知道为什么，一看到他，爸爸就气不打一处来，又发起了脾气。他把那个帮佣赶走，又臭骂了欧多纳先生一顿。

"听说这件事之后，我心里觉得很过意不去。对待欧多纳先生这样一个可怜人，我爸爸的做法未免也太粗鲁了。毕竟，欧多纳先生唯一的儿子几周之前才因意外丧生，这事情令他伤心欲绝。所以，我下定决心要在欧多纳先生下一次登门造访的时候，让爸爸好好招待他。"

向我解释清楚事情的来龙去脉之后，大女儿就到邻居家去了，我踱着步，慢条斯理地走向后院。我刚走到那间小屋门前，就听见里面传来了愤怒的叫嚷声，我依稀听见他们说着一些数字，很显然，这两个人又为了税款吵起来了。

我推开门，农夫一见到我，便想起了大女儿交代他的事，也记起了自己讲和的目的。于是，他赶紧问我知不知道威士忌放在什么地方，我从橱柜中给他拿出了酒瓶。

我在倒酒时借机端详了一番税务官的样子。他那消瘦的面颊上满是悲伤，看起来苍老而憔悴，就像是一个在人世间流离失所的彷徨之人。显然，他和我那身强力壮、满面红光的农夫朋友截然不同。

我问道："您一定是古老的欧多纳家族的后裔吧？我听说，河里有一个神秘的洞窟，埋藏着这个家族的宝藏，由一条多头巨蛇看管。"

"没错，先生。"他回答，"我正是这个家族中的最后一个直系后代。"

于是，我们聊了起来，在此期间，我的农夫朋友的情绪似乎平静了下来，他变得温和友好，不再对着税务官吹胡子瞪眼。

最后，这个满面愁容的税务官起身告辞，我朋友礼貌地说了一句："希望明年我们还能一起小酌几杯。"

"这恐怕是不可能的了，"税务官说，"我活不到那个时候了。"

"我也失去过孩子。"农夫尽量温和地说。

"可是，你的情况和我是不一样的。你无法对我感同身受，你的孩子也不是我的孩子。"税务官说。

看得出，这句充满火药味儿的话让这两个人都涨红了脸。如果不是我在场的话，恐怕他们又会吵起来，开始争论自己死去儿子的价值高低。

如果不是因为我心肠好，我还真想让他们就这么吵下去，趁机记下一段精彩的爱尔兰式争吵。不过如果真的放任他们吵下去的话，羊骑士必定会取得这场争吵的胜利。因为，还真没有谁能够在吵架的事情上胜过他。

当然，他也不是百战百胜的，这就要说到另一个故事了。

有一次，羊骑士和几个农夫一起在谷仓后的小屋里玩牌，这个屋子曾经住着一个邪恶的怪人。他们玩牌的时候，其中一个人忽然丢下手里的牌，开始破口大骂。他骂得极其难听，难听得让在场的人都大跌眼镜。羊骑士断定这家伙是中邪了，于是大家都往门口跑去，可是，小屋的门闩却怎么也打不开。

这时候，羊骑士抓起挂在墙上的锯子打算锯断门闩，就在他举起锯子的那一刻，有人"砰"的一声把门撞开了。

这伙人从小屋里逃了出去，而羊骑士自始至终都没来得及骂出一句话来。

最后的吟游诗人

迈克尔·莫澜，1794 年出生于都柏林自由区斐多路。

他才出生两个星期，就因病失明了。长大一些以后，父母就打发他到街上去吟诗乞讨。

可能他的父母会希望家里再多几个他这样的孩子，让自己省点儿事，少操些心。此外，因为摆脱了视觉的干扰，他的心灵成了一个完美的回声室，人们的每一丝动静，公众情绪的每一次变化，都在这里化成诗歌或古怪的谚语。

莫澜成年以后，就被公认为是自由区民谣歌手的领军人物。人们膜拜他，称他为王——这些人包括疯子、纺织工、盲人小提琴手等。

失明并没有影响莫澜的婚姻，恰恰相反，许多女性都非常喜欢他。他那种游子的流浪气质，配上天才的聪慧头脑，颇得女性青睐。

这或许是因为女子总是规规矩矩地行事、生活，所以也就更容易爱上那些阅历丰富、油腔滑调、神秘莫测的人。

尽管莫澜总是衣衫褴褛，但是却尝遍了天底下的种种美食。他尤其对酸豆酱情有独钟。有一次，他发现饭桌上没有酸豆酱，竟然抄起一条羊腿砸向了他的妻子。

他的长相非常平凡，总是穿着一件粗绒毛衣，戴着宽大的披肩，搭配一条破旧的灯芯绒长裤和粗革子做的皮鞋。他还会用一根宽皮带将一根手杖紧紧地捆在自己的手腕上。要是麦克科林——另一位吟游诗人——看到他这副尊容，说不定还会为他感到难过呢。

尽管莫澜衣着简朴、不修边幅，可是，他确实是一位名副其实的吟游诗人，他是人们的歌手、小丑和新闻播报员。每天早饭过后，他的妻子或者某个邻居就会给他念报纸，一直念到他说："行啦，我得好好地琢磨一番。"不需要多长时间，这一天的歌谣和笑话就被创作出来了。

不过，和麦克科林不一样的是，莫澜并不痛恨教会和神父。当他尚未构思好新的诗歌创作，或者人们想听些雕琢得更加精妙的东西时，他就会背诵一些赞美诗或者演唱一首歌谣。

莫澜会在街头站着，等待路人在他身边聚集得越来越多之后再开始表演。表演前，他会大声喊道："都围过来吧，小家伙们，围过来吧！为什么不来呢？难道我站在水坑里？难道我掉进了水里？"

"哦，当然不是这样的！"几个小男孩边嚷边跑过来，聚集在他身边，"您呀，您现在正站在一个好位置上呢！又干爽又阴凉！继续说那个圣玛丽和摩西的故事给我们听吧！"

聚集的人群各自嚷嚷着，要听莫澜讲述自己喜欢的故事。莫澜故意做出一脸狐疑的表情"环顾"周围的人群，裹紧自己身上的破衣烂衫，大声地喊着："我的朋友们全都在这儿哄骗我哪！"然后他宣布，"你们再不安静下来让我说话，我可就要给你们点儿颜色瞧瞧啦！"

在他威胁完这些小男孩之后，他就会背诵几句歌谣，或者继续吊路人的胃口。他会故意装出一脸疑惑的表情，夸张地说："这下子我身边都围满了人啦？这些人里不会有流氓或者怪人吧？"

神话故事是莫澜的拿手好戏，尤其是《埃及的圣玛丽》。这首诗极为庄严肃穆，据说是以某位科勒主教的长诗为基础改编的。

这个故事的主角是一个名叫玛丽的埃及女郎。玛丽性格活泼，潇洒不羁。她并不虔诚，只是抱着玩乐的态度跟随一群朝圣者来到了耶路撒冷。就在她即将跟着这些人进入圣殿的时候，她感觉自己被某种力量困住了脚步。她突然心生惶恐，于是开始为自己的不虔诚而忏悔。

在耶路撒冷，她一个人也不认识，她逃到了沙漠之中，独自一人开始苦修，打算以这样的方式了却残生。在玛丽临死之际，她梦见了自己的家乡。

这首诗非常符合大众口味，以至于人们要求他反复表演这首诗。为此，莫澜甚至得到了一个不错的称号，他本人也因此而扬名立万。

除此之外，莫澜也很擅长表演原创节目，例如《摩西》，这是一个和诗歌颇为相似的作品。莫澜似乎不大喜欢那种严肃死板、一本正经的表演风格，他更喜欢在作品中添加流浪儿式的自嘲玩笑：

在埃及，

尼罗河畔，

法老的女儿追逐时尚，在这儿洗澡。

她随意泡了泡身子，立刻跳上岸，

她开始奔跑，为了让高贵的身子赶紧吹干。

芦苇把她绊倒，

她定睛细细瞧，

苇草中有个笑嘻嘻的小宝宝，

她说着土话，抱起了小宝宝：

"老天夜（爷）呀，睡（谁）连鞋（孩）子都能丢掉？"

　　不过，平心而论，他那些幽默的玩笑更多都是关于同时代人的双关语或者绝妙比喻。比如，他们那儿有一位邋遢的鞋匠，莫澜经常用一首诗调侃鞋匠寒微的出身，这首诗流传下来的一段内容是这样的：

脏兮兮的小巷尽头，

住着一个脏鞋匠，

狄克·迈克莱恩是他的名头，

比谁都邋遢是他的噱头。

旧王在位的时候，鞋匠老婆在卖橙果。

在艾塞克斯桥上，

她大声嚷嚷扯开嗓：

"六便士一个果，六便士一个果！"

不过，狄克穿着件新外套，

看起来体面又光鲜。

他全家老小都傻得可怜，

在街上，他和老婆高声齐唱：

"噢，洛里，托里，托里骑着老马突袭！"

　　莫澜自己就经常制造各式各样的问题，却还要应付许多上门找麻烦的人。

　　有一次，一位好管闲事的警察以为他是个流浪汉，把他抓到了警察局。在法庭上，莫澜为自己辩解，说他只不过是在奉行荷马传下来的吟游诗人行规罢了。荷马作为天底下吟游诗人的老祖宗，既是盲人，又是乞丐。法庭上旁听的人听了莫澜的话，哄堂大笑，以此嘲笑那位警察的无知。

　　随着名气越来越大，莫澜不得不面对一个非常严肃的问题：他的模仿者越来越多了。例如，有个演员会在舞台上模仿莫澜的说话方式、歌谣诗篇和穿着打扮，而他挣的钱居然和莫澜本人一样多。

　　一天晚上，这位演员和他的朋友聚餐，大家忽然开始争论他的模仿会不会已经超越了莫澜本人。他们决定为此赌一顿四十先令的晚饭，由大众来作为评审。

于是，这个演员来到莫澜常来表演的艾塞克斯桥。他摆足了架势，引来了许多路人，才有模有样地唱出"在埃及，尼罗河畔"这一句开场白。莫澜本人也出现在了艾塞克斯桥上，另一批路人正跟在他身旁。这两拨人汇聚在一起，兴奋地瞧着这两个真假莫澜，既惊讶，又好奇。

"善良的人们啊！"那个演员率先开了腔，"怎么会有人想出这样的把戏来嘲弄一个可怜的老瞎子呢！"

"是谁在那里？你这个冒牌货！"莫澜嚷嚷着。

"滚远点儿吧，你这个可怜虫！你才是冒牌货！"演员也跟着高声嚷嚷起来，"这样模仿、戏弄一个可怜的老瞎子，你就不觉得丢人吗？也不怕遭报应呀！"

"你竟然用这样的手段来砸我的饭碗，真是卑鄙下流！你简直就是一个流氓！圣人啊，老天啊，这还有没有王法啊？"莫澜叫骂着。

"那么你呢？你这可怜虫，真要这么胡搅蛮缠阻止我背诵这首美妙的诗吗？仁慈的观众啊，帮我赶走这个人吧！他欺负我一个瞎子，我看不到他在哪里呢！"

这个冒牌货大出风头，又继续背起诗来。莫澜被他气得七窍生烟，不知所措。听了一会儿后，他又开始抗争起来："你们当真认不出我来吗？你们难道分不清谁是本尊，谁是假货吗？"

"我没法儿把这个动听的故事好好讲完了！"演员打断了莫澜的抗辩，"做做好事吧！请你们帮帮我吧！给我些赏钱吧！"

"你完全没有廉耻之心吗？你这个该死的冒牌货！"莫澜忍无可

忍，大声地咒骂着，"你就是这么从穷人那里强取豪夺的吗？这么丧心病狂的事情，简直是闻所未闻！"

"朋友们啊，请你们做做评审吧。"演员说道，"请你们给真正的盲人一点儿赏金，把我从所谓'冒牌货'的帽子下救出来吧！"

听了这句话，有些路人开始慷慨解囊，将零钱放在演员跟前。

这个时候，真正的莫澜已经开始唱他那首著名的《埃及的圣玛丽》了。可是群众的愤怒情绪已经被那个演员煽动起来了，他们抢过莫澜的手杖，打算收拾他一顿，却发觉这个人和真正的莫澜长得几乎一模一样，这令他们大惑不解，人们不由自主地后退了。

演员还在口口声声地催促观众去捉那个"冒牌货"，于是人群簇拥着他来到了莫澜面前。他并没有冲上去收拾莫澜，而是往他手中塞了几先令，向一头雾水的人群解释了事情的真相。

"我其实是一个演员，刚刚赢得了一笔赌注。"说完，他就挤出人群，往那提供晚饭的咖啡馆走去。

1864 年 4 月，有人给神父带来一封信，说莫澜已经快不行了。神父到帕特里克街 15 号找到了莫澜。这个时候，莫澜躺在一张稻草铺成的床榻上，房间里挤满了为他送行的吟游诗人和歌手，一个个都穿着破衣烂衫。

莫澜去世之后，歌手们带来了各式各样的乐器，用诗歌、故事和结构精妙的骈文为他的灵堂增色。这充满欢乐的送别仪式，是人们真心诚意为他准备的最后的礼物。

第二天的葬礼上下着大雨，大批大批莫澜的崇拜者和友人挤在灵车上为他护送灵柩。灵柩走了没多远，便有人叫了起来："这天气可真冷得够呛呀！大家觉得冷吗？"

"当然冷啦！"有人应和道，"待会儿到墓地的时候，我们肯定会被冻得跟尸体一样僵冷。"

"他的运气可真是糟，"又一个人说，"他坚持个把月再走的话，天气就会好上许多了！"

有个叫卡洛尔的人掏出了一瓶威士忌，大家就为死者终于能够安息而畅饮起来。不过，倒霉的是，灵车因为超载严重，弹簧绷断了，这个时候甚至还没有到墓地呢！威士忌酒瓶也在灵车毁坏的时候摔碎了。

就在一众亲友以送别莫澜的名义开怀畅饮的时候，莫澜对于自己即将要进入的那个世界，想必是既熟悉又陌生。

我们希望他可以在那里找到一个舒舒服服的角落，在那里把自己的诗篇琢磨得更加新颖奇异，更加有韵味，将分散在各处的天使们都会聚到他身边：

  聚到我身边，

  孩子，你愿意吗？

  聚到我身边，

  听听我的故事，

  趁着老萨丽，

  还没有给我弄来面包和香茶。

尽管他只是一个吟游诗人，但他却找到了代表真理的百合花，以及蕴含众生渴求之美的玫瑰花，并且把它们带到了自己的身边。而那些触碰不到真理和美好的爱尔兰作家呢，最终只能成为一朵浪花，无声无息地消失在历史的长河之中，永远不再被世人想起。

三个欧拜俄罗尼与邪恶精灵

在传说中的一个混沌世界里，一切美好的事物都会接连发生。那边的聚会次数，比起人间只会更多；财富的积累，比起人间只会有过之而无不及；谈到爱，同样远超人间所能感知的界限。

我有一位朋友，有段时间长期居住在斯莱弗·里格周边的一个村子里。有一天，他走进了一个名叫喀什尔诺的小村庄，偶然碰到了一位头发凌乱、穿着破衣烂衫的男子。这个男子看上去非常憔悴，他一走进村里，就开始急匆匆地挖土。

我的朋友对此很好奇，他向附近的一位农夫打听，问他知不知道这个奇怪的男子是什么来头。那农夫停下手中的活儿，对他说："那就是第三个欧拜俄罗尼啊！"

对于这个答案，我的朋友仍旧很疑惑。几天之后，他才得知了事情的来龙去脉。

在那段动荡的岁月里，大批奇珍异宝被人送进山中埋藏，并由猛兽负责看管。不过，也许是命运的安排，这些珍宝最终都被欧拜俄罗尼家族的成员发现并据为己有。

然而，得到命运之神的垂青需要付出代价——前三个发现珍宝的欧拜俄罗尼家族成员，必定会遭遇不测，离奇身亡。

这个家族的第一个罹难者，是在发现一口装满珍宝的石棺之后，被不知从何处蹦出来的恶犬撕成了碎片；第二个人在发现石棺之后就被石棺中隐藏的毒气呛到，回家后一病不起，很快就一命呜呼了。

现在这个拼命挖掘宝藏的男人就是第三个欧拜俄罗尼家族成员，他心里很清楚，只要自己找到珍宝，就会被命运的诅咒夺走性命。可是，只有这样，诅咒才会就此结束，整个欧拜俄罗尼家族才能安享荣华富贵，重现往日家族的荣耀。

凡人是无法拒绝命运之神的馈赠的，这份馈赠也不会因机缘巧合而被夺走。

据说，有个农夫在无意中发现了埋藏着宝藏的地洞，那个地洞里，金子堆成了山，银子聚成了海。然而，他并非欧拜俄罗尼家族的成员。因此，就在他回家取来工具，打算去挖掘那些财宝的时候，却发现自己再也无法找到那个地洞的位置了。

无拘无束的梦

有一次，我的友人探访了一所救济院。她目睹了里面老人的凄凉境遇，他们衣衫褴褛，生活极为困苦。可是，每当他们开始闲聊，那些欢乐的故事就冲淡了现实生活中的悲苦。

他们说，有一位老人刚刚离开了他们，这位老人曾在山中跟精灵一起打牌。根据他的说法，精灵们打起牌来"极其公平公正"；还有一位老人说自己曾经在夜晚碰见正在发疯的黑猪；另有两位老人正在为拉夫特利和卡拉楠谁更优秀而争执不休。

"那当然是拉夫特利，他这人多了不起啊！他的诗歌传遍了全世界，他的声音就像一阵动听的风。"一位老人这么说。

"你要是听到卡拉楠吟诵诗篇，你当时就算是正站在狂风暴雪之中，也不愿意挪动自己的脚步。"另一位老人说。

这时，有位老人开始给我的朋友讲故事，其他人也凑过来兴致勃勃地听着，时不时爆发出一阵欢笑声。

这个简单的故事是这位老人信手拈来的，对那些处于苦难之中的人们而言，这样的故事能够为他们带来快乐。

尽管我们面临种种考验，身处逆境之中，既承受着命运的起伏，又不得不抵御接踵而至的挑战。然而，只要外界的纷扰不侵袭我们的内心，我们仍能从那些经过时间长河洗礼后依旧熠熠生辉的故事里，汲取力量，品尝喜悦。在布满荆棘的人生旅途中播种欢笑，让饱受忧虑与哀愁的心灵寻得一片慰藉之地，暂时忘却所有苦楚，享受瞬间的欢愉与宁静。

我将会如实复述这个故事。

从前有一位国王，他没有子嗣，因此万分苦恼。他向自己智囊团的参谋长寻求帮助，这位参谋长告诉他：“只要您按照我的方法去做，这个问题就一定能迎刃而解。请陛下派人到神秘之地去，在那里捉一条鱼带回来，让王后吃下去。”

于是国王依照参谋长的办法，派人把鱼捉了回来，带到王宫里。国王又按参谋长的吩咐把鱼交给厨娘，命令她把鱼烤熟，并且千万不能把鱼皮烤焦，更不能让一滴鱼油渗出来。

要知道，把鱼放在火上烤的时候，是绝对不可能不烤焦一点儿鱼皮，不渗出一滴鱼油的。所以，虽然厨娘打起十二分的精神去烤鱼，最后还是把鱼皮烤破了一点点。于是，厨娘用手指头轻轻把破损处按压平整，顺便吮吸了一下手指上的鱼汁，尝了尝鱼的味道。

随后，烤鱼就被送到了王后的房间。王后享用了烹调好的鱼肉，剩下的鱼骨头则被扔在了庭院中，被一匹拴在庭院里的母马和一条灰狗吃掉了。

王后果然生下了一个王子，同一天，厨娘也生下了一个男孩。除此之外，母马和灰狗也分别生下了两个崽。

后来，因为王宫里突发意外，所有孩子都被送到别处照料。王子和厨娘的孩子被送到了同一个地方。当两个男孩回到王宫时，已经是许多年以后了。人们惊奇地发现，这两个孩子的长相别无二致，没有人能够分出到底谁是王后的孩子，谁是厨娘的孩子。

这让王后无比生气，她怒气冲冲地找来参谋长："告诉我，我该怎么分辨哪一个孩子是我的儿子，我可不想让厨娘的孩子享受王子该有的待遇。"

参谋长告诉王后："这很容易，您只要站在大殿门口，让他们一进来就能看见您。当他们看见您的时候，王子殿下会对您鞠躬，厨娘的孩子只会向您微笑致意。"

依照参谋长的办法，王后走到大殿门口去等候两个孩子。果不其然，她的亲生骨肉向她鞠了一躬，于是仆人们在这个孩子身上做了一个记号，以便让王后认出自己的儿子。

当这两个孩子一起在餐厅坐下，准备用餐的时候，王后来了。她走向厨娘的孩子杰克，直截了当地告诉他："现在，你给我马上离开这里，你只不过是厨娘的孩子！"

王子比尔起身央求道："请不要赶走他，我们俩从小一起长大，难道不是比骨肉至亲还要好的兄弟吗？"可是杰克却说："如果我早知道这里并不是我家，我可一点儿也不愿意到这里来呀！"

于是，杰克头也不回地往外走去，全然不顾比尔的苦苦挽留。离开王宫之前，比尔和杰克站在花园的井边告别，杰克告诉比尔："要是我遭遇了什么不幸，顶部的井水会变成血水，底部的井水就会变成蜂蜜。"

杰克就这么离开了，离开的时候，他带走了母马生下的一匹小马驹和灰狗生下的一条小狗崽。他骑着马，一阵风似的冲出了王宫。杰克一直走啊，走啊，来到了一位纺织工的家，这位好心的纺织工收留他过了一夜。

第二天，杰克继续赶路，来到了一位国王的王宫门口。他站在那里，谦卑有礼地向卫兵询问："劳烦您帮我问问，看看王宫里是否需要一位忠实的仆从？"

卫兵派人去王宫里询问，不一会儿，有人出来将杰克带进了宫里。面对国王，杰克又毕恭毕敬地把自己的话再说了一遍。

"当然了，"国王这么回答，"不过，我有许多忠实的仆人了。我现在最需要的是一个机灵的小伙子，每天早晨把母牛赶到牧场去，晚上再把它们统统带回来挤奶。听上去很简单，但这批母牛是非常好的品种，需要精心照顾。而且，放牛是一件危险的事。你能做到吗？"

"我很乐意为您效劳。我会放牛，也能好好照顾它们。请让我试试吧！"杰克说。他一点儿也不相信放牛会遇到什么危险的事情。

于是，杰克被国王雇用了。

清晨，杰克赶着二十四头母牛到牧场去。可是，刚一到达国王指示的位置，杰克就大吃一惊。那里一根草也没有，到处都是乱七八糟的碎石块。杰克只得在周围到处寻找，终于找到了一块草木葱茏的地方。于是，他就把母牛赶到了那里。牛群有滋有味地吃起了草，杰克则爬上旁边的苹果树，在上面啃起了苹果。

可是，杰克不知道，这片草场是巨人的领地。很快，巨人就出现在了草场上。

"哇呀！"巨人吼道，"我嗅到了爱尔兰人的气味。我看到了，这家伙就在苹果树上藏着呢！"

巨人冲着树上的杰克咆哮起来："小家伙，你这么小，我该怎么把你吃掉呢？唔，干脆把你磨成粉，放进我的鼻烟壶里得了。"

"强壮的巨人先生，求求您，发发善心，放过我吧！"杰克在树上哀求道。

"给我滚到地上来，你这小矮子！"巨人对他下令，"你再不下来的话，我就把你和这棵树一起撕碎！"

于是，杰克只好顺从地从树上滑了下来。

"告诉我，依着你们的习俗，你是愿意被我一刀砍死，还是更愿意跟我来一场真正的角力？"巨人问道。

"依照我们的习惯，我会更愿意堂堂正正地跟您较量一场。"杰克这么回答。

于是，杰克和巨人就在这片田野上开始了一番较量。他们俩的脚在田野上到处踩踏，甚至将那些被绿色青苔覆盖的石板踩出了清泉。

两人打了整整一天，却一直斗得旗鼓相当。后来，一只小雀停在树枝上，对着杰克叫了起来："如果在日落之前你还没有战胜他，就会被他杀掉！"

于是，杰克使出浑身解数，终于把巨人按倒在地。

"请饶了我吧！"巨人央求杰克，"我愿意向您双手奉上一样我最心爱的宝贝，表示我的诚意。"

"那是什么东西？"杰克问。

"是一把削铁如泥的宝剑。"巨人这么回答。

"这宝贝现在在哪儿呢？"杰克继续追问。

"就在山上，你到山上去，就会看见一扇红色的门，宝剑就在门后面。"巨人回答。

于是，杰克到山上去取回了宝剑。为了验证巨人所说的话，他决定试试这把剑是否真的那么锋利，能够削铁如泥。

"我该到哪里去试这把剑呢？"杰克自言自语地说着。

巨人赶紧提议："那里有一个又黑又丑的木头疙瘩，你就用它去砍那个木疙瘩好了！"

"没有什么比你的头颅还黑、还丑啦！"杰克话还没说完，便用力挥动宝剑，将巨人的头颅斩了下来。这颗头颅高高地飞到了半空中，在落地的一瞬间又被杰克斩成了两半。

"你应该庆幸我没有掉回到自己的身体上，"巨人的头颅说，"否则，你绝对不会有第二次机会把我斩下来。"

"你别再妄想从我这里得到什么机会了，到坟墓里去吧！"杰克将宝剑收回剑鞘之中。

到了晚上，杰克将牛群赶回王宫，宫中所有人——包括国王和公主在内，都大为惊讶，因为这一晚母牛的产奶量比往日多出不少。

第二天清晨，杰克又赶着牛群去放牧，这次他又找到了一块草木葱茏的地方，便将牛群赶到那里去吃草。同样的事情再次发生了，唯一的不同是，这次来的巨人长了两颗脑袋。

杰克再次和巨人展开角力，这一次，那只小雀又飞过来对杰克发出了警告，于是，杰克再一次打倒了巨人。巨人央求起来："请饶了我吧！我愿意把我最心爱的宝贝双手奉上。"

"那是什么东西？"杰克问。

"是一件隐形衣，穿上这件衣服之后，别人就看不见你了。"巨人回答。

"这宝贝现在在哪儿呢？"杰克继续问。

"就在山上，你到山上去，就会看见一扇绿色的门，隐身衣就在门里。"

于是，杰克取回隐形衣，将巨人的两颗脑袋都砍了下来，斩成了四块。

这天晚上，母牛们的产奶量比前一晚还要多，盛满了王宫里所有能够盛放牛奶的容器。

第三天清晨，杰克再一次赶着牛群去放牧。这天发生的事和前两天的情况如出一辙，唯一不同的是这次来的巨人有四颗脑袋。这一次，杰克到巨人告诉他的山上去，从蓝色的门后面取回了一双能够日行千里的魔法鞋，随后将巨人的脑袋斩成了八块。

这晚，母牛的产奶量多到王宫里所有的容器都装不下了。宫人们只得把多余的牛奶送给穷人和佃户，甚至不得不倒掉了一部分。

对此充满狐疑的国王忍不住了，他问杰克："你是怎么让母牛的产奶量一下子变得这么大的？你是不是在放牧的时候把它们带到了别的地方去？"

"当然没有！"杰克镇定自若地回答，"我只是在放牧的时候，不断地用树枝驱赶它们，不让它们停下或者躺下而已。我一直让它们在矮墙、沟渠和石头上跳来跳去，这样一来，母牛就能够产出大量的奶。"

第四天清晨，杰克一如既往地将母牛们带出去放牧。不过这次，国王和公主打算弄清楚他在田野上究竟做了些什么，便悄悄地尾随着他。

杰克知道他们跟在自己身后，于是，他找了一根树枝，驱赶着母牛到处走动。杰克还让它们跳过矮墙、沟渠和石头，以示自己没有说谎。

"看来，杰克的确是这么做的，他没有说谎。"国王和公主看了之后，信以为真。

当时，有一条巨蛇，横行霸道，无恶不作。它每隔七年出现一次，每次都会去不同国家，吃掉国王的一个女儿。没有一位勇士敢跟这条巨大的蛇怪搏斗。因此，这样的事情还在不断地上演。

这一年，正好轮到杰克所住国家的公主被送给蛇怪了。为了战胜蛇怪，国王早早就物色了一位勇士，费尽心思培养他，预备让他在蛇怪出现的时候与之搏斗，救回公主。

蛇怪出现的时间到了，公主只得启程，与勇士一起来到海边等待。

可是，两人一来到海边，勇士就用绳索将公主绑在树上，好让蛇怪不费吹灰之力就能够把她吃掉，而他自己则躲进了一旁的灌木丛中。

杰克将这一切都看在了眼中。原来，在启程之前，公主曾经请求杰克解救自己。可是，杰克认为自己并不是被选中的勇士，便婉言拒绝了她的请求。虽然如此，杰克还是不能见死不救。于是，他远远跟在公主和勇士身后，也来到了海边。杰克穿着双头巨人的隐形衣，在海边与蛇怪进行了一番激烈的战斗，并把蛇怪赶回了海中。他解开了公主身上的绳索，悄无声息地离开了。

这个时候，那个勇士从灌木丛中跑出来，护送公主返回王宫。他对国王说："我今天身体有些不适，于是请来一位朋友赶走了蛇怪，明天，我将会亲自降伏蛇怪！"

第二天，公主再次与勇士一起去往海边。这一次，勇士又做了和昨天一模一样的事情：把公主绑在树上，自己躲进灌木丛中。蛇怪来了，杰克又一次穿着隐形衣与它战斗，成功地救下了公主的性命。

随后，那个怯懦又狡猾的勇士又一次带着公主回到王宫，在国王面前大肆吹嘘自己的骁勇，宣称自己的朋友又一次帮忙赶走了蛇怪。

第三天，杰克也照样穿上隐形衣和魔法鞋赶来解救公主。但是，这一次，在他因赶路疲惫，坐在一旁小憩的时候，聪慧的公主用准备好的剪刀剪下了他的一缕头发，还脱下了他的一只鞋。

杰克决定，这次一定要彻底解决这道难题——他要杀死蛇怪，这样一来，就不会再有任何一个国家的公主葬身蛇口了。

他拿出那把削铁如泥的宝剑，奋力向蛇怪的颈部砍去，蛇怪的鲜血夹杂着海水喷薄而出，染红了入海的河流，一直向内陆倒灌了八十多英里。就这样，穷凶极恶的蛇怪终于死在了杰克的剑下。

杀死大蛇之后，杰克就这么默默地离开了，没有人知道他去了哪里。

勇士厚着脸皮去向国王邀功，说若不是自己的英勇无畏，公主绝不可能活着回到宫中。国王听信了他的谎话，打算把公主嫁给这位勇士。

可是，就在婚礼准备就绪的时候，公主拿出了自己精心保存的一缕头发和一只鞋，告诉大家蛇怪被杀的真相。她宣布自己只会嫁给拥有这样的头发，并且能够穿上这只鞋的男人。

为了找到公主所说的那个男人，国王举办了一场盛大的舞会，邀请全国所有身份高贵的青年男子前来参加，并试穿那只鞋。

许多男人为了穿上公主收藏的那只鞋，甚至不惜让人将自己的脚削去一点儿。可是，这个法子完全行不通，因为他们不是那只魔法鞋的主人，怎么都没办法把它穿在脚上。

无奈之下，国王请来了自己的参谋长，让他给自己出出主意。参谋长告诉国王，要想找到公主心目中的那个人，就要再举办一次舞会。并且，这次舞会应当邀请全国的青年男子前来参加，无论贫富贵贱、身份高低。

这次，来参加舞会的人更多了。可是，没人能顺利地穿上那只鞋。参谋长询问国王："尊敬的国王陛下，您确定全国的青年男子都在这里了吗？"

"当然啦！"国王这么回答，"除了那个放牛的小子。我可不想在这种正式的场合见到他，让他玷污我的宫廷。"

听到这话，站在底下的杰克一下子就火冒三丈。他拿起宝剑就要冲到王位上去，想要砍掉国王的脑袋。但是侍卫们反应很快，他们冲过去拦住了杰克，劝他冷静。

看着杰克手中的宝剑，公主认出了他，她一下子跑到杰克面前，看了看他的头发，又拿出那只鞋，让杰克穿上。

她手中的头发和杰克的头发毫无二致，鞋子穿在杰克的脚上不大不小。就这样，公主找到了真正想要嫁的人，大家为杰克和公主举办了盛大的结婚典礼，宴会足足开了三天三夜。

杰克与公主结婚后的一个早晨，一头小鹿来到杰克卧室的窗外，不断地喊着："猎物到来了，猎手和猎狗哪儿去啦？"杰克听到这话，赶紧爬起来，骑上他的骏马，带着他的猎狗，出去追赶这头会说话的小鹿。

小鹿跑过了山谷，又经过了山顶。杰克追了它整整一天，到了夜里，这头小鹿钻进了一片森林，杰克紧随其后，来到了一间小屋旁。

夜色昏暗，小鹿早已不知去向。因此，杰克走进小屋，看到一位老妇人正坐在火炉边烤火，那位妇人看起来是如此苍老，简直像是有两百岁了。

"老人家，您有没有看到一头小鹿从这里经过？"杰克询问道。

"没有。"老妇人说，"如果你要在这个时候去追猎物，那也太晚了，不如就在我这里休息一夜。"

"那么，我的猎狗和马该怎么办呢？"杰克说。

"这很容易。这里有两根头发，你拿去把它们拴在外边。"老妇人说着，交给杰克两根自己的头发。

杰克照她的吩咐拴好了马和猎狗，之后就回到了小屋。可当他再次走进小屋，老妇人那和善苍老的面目突然变得狰狞可怖。她对杰克咆哮道："你杀了我的三个儿子，还夺走了他们的三件宝贝！我要杀了你给他们报仇！"

杰克和老妇人厮打在一起。杰克已经追了一整天的猎物，体力不支，老妇人逐渐占了上风。杰克呼唤自己的猎狗，可是猎狗已经被老妇人施了魔法的头发勒死了；杰克又呼唤自己的骏马，骏马也已经被老妇人施了魔法的头发弄断了气。

最后，老妇人杀死了杰克，将他和他的骏马、猎狗的尸首统统扔进了森林里。

说到这里，我们再来看看比尔的情况。比尔在花园中散步的时候，无意中看了一眼井，他发现顶部的井水变成了血水，而底部的井水变成了蜂蜜。他赶紧冲进宫中，对自己的母亲大叫道："杰克一定出事了，我要去找他！"

于是，比尔牵着另一匹骏马和另一条猎狗，前去寻找杰克。他长途跋涉，走遍了大江南北，终于来到了那好心的纺织工家里。纺织工热情地将他迎进家中。

"我一定会好好地款待你，让你过得比上次还要愉快！"显然，纺织工把比尔错认成了杰克，因为他们俩看起来简直是一模一样。

"太好了，"比尔在心中暗暗高兴，"这表示杰克到过这个地方，我得到了关于他的线索。"第二天，比尔离开之前，给了纺织工一大袋金币作为谢礼。

比尔又来到了这个王国的王宫，公主见到他，急忙出来迎接。显然，公主也把比尔错认成了杰克，她还以为这是打猎归来的丈夫。比尔得知这里就是杰克和他分开以后居住的地方，他吩咐宫人给自己另外安排了一间卧室，独自过了一夜。

第二天清晨，那头小鹿又跑到比尔卧室的窗外叫了起来："猎物到来了，猎手和猎狗哪儿去啦？"听到这话，比尔赶紧爬起来，骑上他的骏马，带着他的猎狗，出去追赶这头会说话的小鹿。

比尔也追逐着小鹿翻过了崇山峻岭，进入森林，来到了老妇人的小屋外。同样，老妇人邀请比尔在这里休息一夜，还给了他两根头发，让他用来拴自己的马和猎狗。

"头发怎么能把马和猎狗拴住呢？"比尔暗暗疑惑，于是，他没有照老妇人的吩咐去做，而是把头发扔进了火炉中。

过了一会儿，老妇人以为比尔已经中计，佯装慈蔼的面目一下子变得狰狞起来，她咆哮着说："你的兄弟杀死了我的三个儿子，我已经杀了他替我的孩子们报仇。现在，你也得给他陪葬！"说着，她扑向比尔，跟比尔厮打在一起。

比尔呼唤自己的骏马，老妇人施展起了施在头发上的魔法，可是那一根头发在火炉里对她说："我在火焰之中，没办法勒死那匹马。"于是，骏马冲进小屋，对着老妇人乱踢乱踩。

比尔又呼唤自己的猎犬，老妇人急忙再次施展魔法，可是第二根头发也在火炉里对她说："我也在火焰之中，没办法勒死猎狗。"于是，猎犬也冲进小屋，一口咬住了老妇人。趁此机会，比尔将老妇人打倒在地，把她制服了。

"求求你发发慈悲，饶了我的性命，我愿意把杰克和他的马、他的狗在什么地方，统统告诉你。"老妇人开口讨饶。

"他们在什么地方？"比尔问。

"火炉边有一根烧火棍，你看到了吗？"老妇人指点着说，"拿着它走到门外，你会看见三块长着绿色苔藓的石头。用烧火棍去敲打那几块石头，杰克和他的马、他的狗，就会出现在你的面前。"老妇人话音刚落，就被比尔用佩剑斩下了脑袋。

于是比尔拿起烧火棍来到屋外，找到了三块石头，用棍子敲打了几下，杰克和他的马、他的狗立刻像老妇人说的那样，出现在了比尔眼前。杰克和比尔又用烧火棍敲打周围其余的石头，那些石头纷纷变成了大活人。原来，这都是曾经中了老妇人魔法的人。

杰克和比尔两兄弟一起回到了王宫，从此过上了幸福快乐的生活。

火玫瑰

在一个冬日的黄昏时分，一位老态龙钟的骑士身穿锈迹斑斑的盔甲，骑着马，慢慢悠悠地走过了草木葱茏的山坡。他朝远方眺望，只见瑰丽的火烧云将天边映得无比红艳，而夕阳就在这明丽的天边缓缓沉入了海平线。骑士胯下的坐骑早已筋疲力尽了，它看起来已经长途跋涉了许久。

这位骑士头盔上的纹章是一朵以红宝石雕琢而成的玫瑰，和附近那些王公贵族的徽章完全不同。在越发鲜红的火烧云的映衬下，这朵玫瑰闪烁着明润的光泽。这位年迈的骑士早已白发苍苍，卷曲的白发乱糟糟地垂落在他的肩头，为他那沧桑而忧郁的面庞平添了几分悲凉之感。你是很难在世间遇上这样一张脸的，拥有这种面容的人，总是在为人们排忧解难，心底装满了世间无人知晓的秘密。

骑士眺望了一会儿夕阳之后，将手中的缰绳搭在马的脖子上，对着西方的苍穹张开了双臂，说道："啊，代表智慧之火的神圣玫瑰啊！

让你那藏于静谧之中的大门向我敞开吧！"就在这时，几百米开外的那处森林里，传来了一声刺耳的尖叫，骑士急忙勒住马，侧耳倾听，身后响起了一阵脚步声和交谈声。

"他们在揍那些家伙呢，要强迫它们走峡谷边上那条狭窄的小道。"一个声音说。

"两头猪竟然能够发出这么响亮的叫声来！"另一个声音说着。"这声音听起来简直就像是两个托钵修会里出来的胖修士，在快要从门里挤出来的时候，被哪个家伙抓了一把身上的肉一样。"一开始说话的那个声音再次响起。话音刚落，骑士面前就出现了十几个农夫，这些农夫手里都拿着淡蓝色的帽子和短矛。

"你们带着矛要去什么地方呢？"骑士问。

这群农夫之中，那个看起来最像首领的人主动回答了他的问题："刚才有一伙常年在森林出没的山匪下了山，抢走了一个住在韦尔海湾的老头子养的猪。我们打算追上那伙人，抢回他的猪。不过，他们的人数是我们的四倍多，所以，我们得先弄清楚他们往什么方向去了，再到德·库塞那里去求助。要是德·库塞不肯帮忙，我们就要到菲茨杰拉德那里去。德·库塞和菲茨杰拉德最近才重归于好，我们还没有弄清楚现在我们究竟归谁统治。"

"可是，等你们弄清楚到底是谁在统治你们，"骑士提醒道，"猪早就变成那些山匪的腹中餐了。"

"十几个人实在是不顶用。可是，要是为了两头猪就让整个峡谷的人倾巢出动，那也犯不上，为了两头猪，不值得大伙儿冒这么大的生命危险。"

"你可不可以告诉我，"骑士说，"这个老头子，他是一个什么样的人，他待人如何，是一个虔诚的人吗？"

"他这个人，为人处世就和其他人一样，完全是真诚的；而对待神灵，他可谓是再虔诚不过了！他每天在吃早饭之前，都会先向上帝祷告。"

"既然如此，为这么一个人战斗，也是值得的。"骑士说，"如果你们愿意和那些山匪打一仗，我可以负责打头阵。身穿铠甲的骑士，与那些森林里的山匪战斗，的确可以以一敌十，这你们是知道的。山匪们穿的衣服不过是羊毛和皮革做成的。"

首领转过身去问那些农夫愿不愿意跟山匪斗一斗，可是他们都是一副急着回家吃饭的模样。

"那些森林里的山匪是不是很阴险狡猾？是不是对神明不敬？"

"他们可狡诈了，只要一有风吹草动就会毫不犹豫地出卖伙伴。"一个农夫答道，"而且，谁也没有看到他们向谁做过祷告。"

"要是这样，"骑士说，"无论是谁，只要在战斗中砍下了一个山匪的脑袋，我就奖励他五个铜板。"

于是，首领带着骑士和农夫们出发了。他们沿着山坡走了一会儿，来到了一处羊肠小道，这条曲折的小路正是通往森林深处的。他们继续向前，顺着原路走到了方才农夫们停留过的地方，向覆盖着郁郁葱葱林木的山坡高处爬去。走了没多远，小路变得陡峭起来，骑士只好翻身下马，将他的坐骑拴在一棵大树上，与农夫们一起艰难跋涉。所有人都很清楚，他们行走的路线是正确的，因为松软的泥地上还残留着许多鞋印和猪的蹄印。

小路变得越来越陡峭难行，猪蹄印子也消失了，人们估摸着，这是山匪们在扛着猪向上爬的缘故。除此之外，地上还有许多长长的拖行痕迹，看起来是这群盗贼拖着猪在地上走形成的。

他们又往前走了大约一刻钟，听到前方有许多嘈杂的响动声，这下子，无论是农夫们还是骑士心里都很清楚，山匪就在前方不远处了。忽然，嘈杂声消失了，什么声音都没有了，看来山匪发现了他们的行踪。于是，这群人小心翼翼地拨开树丛，谨慎快速地向前爬去。不一会儿，就有人发现榛树丛里躲着一个山匪，那个山匪穿着无袖的皮大衣。他惊叫出声，一支羽箭破空而来，射中了骑士的铠甲。可是，骑士毫发无伤，那支箭"当啷"一声落在了地上。

紧接着，许多羽箭宛如过境的蝗虫一样，朝着骑士飞了过来。羽箭撞在铠甲上，发出嗡嗡的震颤声，可是没有一支箭能够穿透骑士身上的铠甲。农夫们拿着短矛，冲向那些站在树丛里的山匪——他们手上的长弓仍在微微颤动。这些农夫使用的短矛必须近距离拼杀，才能够发挥作用。于是，骑士冲在所有人的前头，步步紧逼，将山匪逼到了山顶，让他们退无可退。

此时此刻，那两头被抢走的猪正在草地上乱拱觅食。于是，农民们围成一圈，围着两头猪，引导着它们往来时的那条小路撤退。年迈的骑士为大家断后，他砍倒了一个又一个山匪。农夫们几乎可以说是毫发无伤，因为老骑士总会想办法把众多山匪引到他那一边去。

老骑士的铠甲早已血迹斑斑，顺利通过小路之后，他指挥着农夫们将猪赶到峡谷去，而他则守在入口处，抵挡那些穷追不舍的山匪。

顷刻之间，山坡上就只剩下他一个人。这个时候，老骑士由于失血过多，已经变得十分虚弱。如果那些活着的山匪没有因为恐惧而溜之大吉，就完全有可能把他活活打死在这里。

年迈的骑士在这里守了一个小时，那些农夫并没有回来。他再也支撑不住，一下子躺倒在了草丛中。

又过了半小时，一个年轻人沿着小路走了过来，他的帽子上插满了鸡毛，神态非常轻松。他在山匪的尸首间走来走去，砍下他们的头颅，将这些头颅堆积在骑士跟前，对骑士说道：

"了不起的骑士，他们派我来向您索要报酬。您亲口许诺过，只要砍下一个山匪的脑袋，就能够得到五个铜板的奖赏。他们希望我告诉您，他们已经为您做了祈祷，期望您身体健康，长命百岁。不过，大家当农夫的，都是些穷苦人，他们还是希望能够在您不幸逝世之前拿到这笔报酬。他们生怕我忘记向您传达这句话，千叮咛万嘱咐，还说要是我敢忘掉，就要收拾我一顿。"

骑士用胳膊肘撑着身体坐了起来。这里一共有三十个山匪的脑袋，于是他打开自己悬挂在腰带上的钱袋，按照说好的数量数出一堆钱，交给年轻人。

"您真是一位了不起的骑士。"年轻人说，"他们还说让我好好地照料您，给您生火，再为您的伤口上药。"年轻人一边说，一边从附近收集了许多枯枝和树叶，用火石和火镰点着了火。明灭不定的火焰在骑士的面庞和山匪的头颅上投射出一片阴影。接着，年轻人替骑士除下身上的铠甲，在他的伤口上涂抹了许多药膏。他的动作十分笨拙，就像是在生搬硬套地按着别人教给他的法子做事情。骑士对他做了个手势，示意他停下，告诉他："你是一个很不错的年轻人。"

"我还想向您讨些东西，是为我自己要的。"

"我还有几个铜板，"骑士说，"它们都归你了，怎么样？"

"不是的。"年轻人说，"钱对我来说没什么用。我只想做一件事，这件事和钱没有任何关系。我从一个村庄来到另一个村庄，又从一个山头来到另一个山头，碰上神气活现、漂亮威武的大公鸡，就把它偷到林子里藏起来，再去偷另一只公鸡来和它打架。人们都说我脑子有些傻，谁也不为难我；他们也不会使唤我干活儿，只在偶尔有事的时候，才派我去送送信。他们叫我来拿钱，也正是因为我的这点儿傻气，要是换了别人，肯定会带着这些钱溜之大吉的。但是，他们自己也不敢来拿，因为森林里的山匪可能会报复他们，他们害怕，因为现在他们已经没法儿依仗您了。"

"这几个铜板你不打算要的话，好心的年轻人，恐怕我就再也没有什么东西能够给你的啦！当然了，我还有一件旧铠甲，如果你不介意，就送给你了。反正，我很快就不需要它了。"

"我想要的东西只有一样。没错，我想起来了，"年轻人说，"我想要知道，你为什么要为了这样一件微不足道的事，就像那些故事里的神明、巨人和英雄一样去战斗呢？你真的是和我们一样的肉体凡胎吗？你其实是生活在人迹罕至的深山里的巫师吧？就是那种，一阵风过后就会消失得无影无踪的人？"

"我一定要将自己的经历告诉你。"骑士说，"因为，我们骑士团里唯一剩下的人就是我了。我要将一切的一切都说出来。你瞧见我头盔上的这朵红宝石做成的玫瑰了吗，它象征的是我的生命、我的希望。"小伙子一边听着老骑士说话，一边不断地摆弄着自己帽子上的鸡毛，他将它们插在面前的泥地里，不停地变换着它们的位置，就像在摆弄皮影戏里的演员一样。老骑士讲述着他的故事，不时停顿一小会儿组织语言。他停顿的次数越来越频繁，时间也越来越长。红宝石玫瑰在火光的映照下，闪烁着鲜红如血的光泽。

以下，就是老骑士叙述的故事。

"我是圣约翰骑士团中的一员，住在离这里十万八千里的地方，我是骑士团里众多渴望终生侍奉全能之主的成员之一。后来，一位来自巴勒斯坦的骑士告诉我们，神明亲自向他揭示了生活的真谛。他看见了一朵火玫瑰，这朵火玫瑰向他揭示了，人是如何随着自己内心深处的光明的变化而发生改变的。当一个人因外界的力量而屈服，因外界的命令而动摇时，心中的光明就会消失。除了那些没有自己想法的滥好人和不愿意进行思考的坏人之外，这道生命的符咒，是谁也没有办法逃脱的。火玫瑰还告诉他，心灵之光反复无常，可是它照耀着整个世界，让世界维持着生机与活力。当心灵之光不再明亮，蒙上尘埃的时候，无论是灿烂的繁星、巍峨的山峦、娇艳的花朵还是葱茏的草木，都会受到影响，发生奇异的'污染'，变得'迷失堕落'。要是一个人无法看透这生活的真谛，无法理解这古老的规则，愿意自甘堕落，待在这个藏污纳垢的世界里，那么，他将永远无法进入神圣的花园。这个神圣的花园，就存在于火玫瑰的花蕊之中。

"因此，我们每一个人都应当具备献身精神，为玫瑰之神服务，证明自己不甘堕落，不与藏污纳垢的凡世同流合污。在这个来自巴勒斯坦的骑士将尘世间的种种奥秘对我们一一道来的时候，我们似乎看到一朵巨大娇艳的红色玫瑰在眼前绽放，闻到一阵馥郁浓烈的芳香。那位骑士似乎就站在花蕊里，对着我们说话。由此我们终于意识到，神明正在借这位骑士之口，指引我们。于是，我们聚集在这位骑士周围，恳求他指点我们，让我们明白该如何依照神明的旨意行事。这位骑士让我们立下了神圣的誓言，不仅将暗号告诉了我们，还告诉我们应该佩戴什么样的徽章。如此一来，即便是世事变迁，一切都变得面目全非，我们依然能够凭借这些记号从人群之中认出自己的伙伴。除此之外，他还为我们指定了一个碰面的地点，之后，他将我们派往世界各地，寻找正义之事，并为此而献身。

"一开始，我们其实更愿意为某位圣人进行斋戒，直到肉体因空虚而消亡。可是，他让我们明白了，这其实也是一种极为邪恶的心态。因为，我们真这么做的话，只不过是为了死亡而去死罢了。这种死亡的形式并不是神明为我们安排好的，也不会让我们在恰当的时间到神明那里去。如果我们真就这么死了，会削弱神明在尘世间的力量。我们必须选择的，是为正义事业的战斗而献出生命，而且，我们也只能这么选。如此一来，神明才会以他安排好的形式，在他安排好的时间，赐给我们应有的荣誉。

"从那以后，那位来自巴勒斯坦的骑士严格规定我们在用餐的时候必须两人一组，相互监督，绝不允许我们随随便便进行绝食。随着时间不断推移，我的伙伴们一个又一个地在追寻正义的道路上死去。有人在与暴戾的权贵对抗时死去了，有人在为民除害的过程中死去了。后来，那位从巴勒斯坦来的骑士也死去了。到最后，只剩下我一个人了。我一直在不断地为正义而战，直到两鬓斑白。我生怕自己的所作所为还不足以取悦神明，内心充满了恐惧。不久前，我听说世界上没有任何一个地方会比这个西方小岛还要糟糕。于是，我就来了，来到了这个战火绵延、盗匪横行的地方。果然，我在这里找到了我所追寻的事物，我的心灵因此而充满了欢乐。"

说到这里，老骑士停了下来。他开始哼唱一首拉丁文赞美歌，随着他哼唱的声音越来越低、越来越弱，老骑士终于闭上了双眼，嘴还微微地张着。年轻人明白，他已经死了。

"他倒是给我讲了一个很好听的故事，"年轻人说，"这个故事里包含打仗的内容。可惜，我听不大明白，也记不住这么长的故事。"

年轻人拿起骑士的剑，开始为他挖掘坟墓。他认真地挖着，直到天边渐渐泛起鱼肚白，红色的日光染红了他的发丝。就在他快要将这个坟墓挖好的时候，峡谷中传来一声啼叫。

"呀，"年轻人说，"我必须去抓住这只鸟！"

于是，他沿着狭窄曲折的小道，向峡谷跑去。

暮色中的老人

在"死亡角"附近的岸边，有一艘船，看起来已经荒废了很长时间。船的圆形窗户看起来就像是一对正在眺望海面的圆眼睛。除了这艘废弃的船，岸上还有一间小泥屋，是从上个世纪留下来的。这间小泥屋里住着一位老人，名叫麦克尔·博伦。

这位老人以前是个走私商，如今，他的儿孙继承了他的工作。从某种意义而言，这间小泥屋也算是一座"灯塔"。因为入夜之后，老麦克尔会在纵帆船驶过海湾的时候，在南边的窗户上挂起一盏示警灯。多琳岛上的人收到警报之后，也会挂起一盏灯，如此一来，海角村的村民们就会知道纵帆船即将到来的事。

除了用明灯发布示警信息，麦克尔·博伦基本不与人交往。他已经上了年纪，再也没有什么牵挂和惦记的事物。在小泥屋的烟囱旁耸立着一个高大的西班牙十字架，是用橡木雕刻的。老麦克尔每天都会弯着腰、驼着背，站在这个十字架底下捻动一串石头做成的念珠，这串念珠来自一艘装满珍贵丝绸的法国货船。

一天夜里，老麦克尔没有入眠。他不时眺望着海面，直到天边泛起一抹鱼肚白才放松下来。他心里很清楚，纵帆船是不会在这个时候在"死亡角"附近大摇大摆地抛锚的。于是，他在干草堆上躺下身子，准备睡上一觉。

就在这时，他看到一列灰鹭从天边飞来。它们缓缓飞过多琳岛，往芦苇丛生的水塘飞去。这景象令老麦克尔非常惊讶，他以前从未见过灰鹭飞越大海，更重要的一点是，纵帆船迟迟不来，他的食品柜早就空空如也了。于是，老麦克尔拿起自己锈迹斑斑的手枪，向灰鹭栖息的那片水塘走去。

老麦克尔走近水塘，四周寂静无声，只有灯芯草被清晨的海风吹得沙沙作响。在这个灰蒙蒙的早晨，雾色宛如一层薄纱笼罩着一切，只有灯芯草装点着这片海岸，景象就如同巨大的浮雕一样，朦胧而幽雅。老麦克尔看到了那群灰鹭的身影，它们都蜷着一条腿，直立在浅浅的水塘中。于是，他在灯芯草丛的掩映下蹲低了身子，一边捻动手中的石头念珠，一边喃喃自语地祷告起来："圣帕特里克啊，请让我打一只灰鹭吧，我年纪大了，吃得不多，用那家伙烙一个肉馅饼，足够我吃四天。要是你让我射中这只灰鹭，我愿意每天晚上为你念一次玫瑰经，直到肉馅饼吃完为止。"祷告之后，他看了看手里的枪，卧倒在草丛中，在一块巨石上架好枪，瞄准了一只站在草丛间的灰鹭。

他之所以没有选择那些站在水中的灰鹭，是因为他有风湿病，不愿到水中去捡回他的猎物。可是，当他顺着枪筒望去的时候，却发现自己看中的那只灰鹭不见了，原先站着灰鹭的地方，出现了一个虚弱不堪、苍老憔悴的老头儿。这让老麦克尔既惊讶又恐惧。可当他放下枪时，那只灰鹭又出现了，那灰鹭低着脑袋，连羽毛也没有动弹一下，就像它从世界诞生之初就一直站在那儿睡觉一样。他拿起枪，顺着枪筒望去，又看到了那个虚弱的老头儿，待老麦克尔再次放下枪，老头儿又消失得无影无踪了。

老麦克尔在心中一次又一次地祈祷，喃喃地说道："我的敌人站在那碧绿的草地上，在水边垂钓。"说完，他小心而缓慢地瞄准了那个老头儿，开出了一枪。

灰鹭们被枪声惊动，拍打着翅膀飞上了天空，重新飞往大海。硝烟过处，一个蜷缩着身体的老头儿躺在草地上。麦克尔绕过水塘，来到那个老头儿身边，只见那老头儿穿着一件黑绿交织的袍子，样式非常古老，如今这袍子上沾满了血迹。

麦克尔为自己犯下的滔天大祸摇了摇头，这时候，那件袍子忽然动了动。老头儿伸出了一只胳膊，试图去抓麦克尔脖子上挂着的念珠。他那修长而嶙峋的手指差一点儿就碰到了念珠上悬挂的十字架，这让麦克尔吓了一跳。

麦克尔跳了起来，向后退了几步。虽然他因即将到来的危险而浑身战栗，但还是鼓起勇气，大声说道："你这巫师，我绝不会让任何人触碰我的念珠！"

"如果你愿意听我解释，"老头儿用微弱的声音说，"那么，你就会明白，我并不是什么巫师。我只是一个濒死之人，想在临死前亲吻你的十字架而已。"他的声音充满悲伤,听起来就像是久远悠长的叹息。

"我愿意听你解释,"麦克尔说,"可是,我是不会让你触碰我这串神圣的念珠的。"说着,麦克尔小心地与那个老头儿保持着一段距离,在草地上坐了下来。他镇静下来,重新给枪上了膛。

"在许多年之前,我们这些人并不是灰鹭,而是李盖尔国王手下的一批学者。我们既不需要狩猎,也不需要打仗,更不需要听祭司讲经布道。我们就连爱情也不需要,恋爱的冲动即便一时之间涌上心头,也会迅速地从我们这些人心上溜走。

"诗人们一次又一次地对我们提起一位新来的祭司,他的名字叫作帕特里克。他宣传的思想,遭到了绝大多数人的强烈反对。但是,也有少数人认为,他实际上是在用一种全新的象征手法解读我们早已习惯的真理,因而对他颇为欢迎。为此,这两拨人争论不休,吵吵闹闹。

"终于,有一天,人们听说他坚持要用自己的思想打动国王的心。这事闹得沸沸扬扬,不过,我们对此并不关心,因为我们当时也在忙着争论不同韵律和节拍各自具备的优点和缺陷。当人们将乐谱夹在胳膊下边,预备到树林里去跟他一较高下而路过我们门前时,我们也丝毫不为所动;当人们呼朋引伴,成群结队地走过我们身边去听这位古怪的祭司布道讲经时,我们也浑然不觉。无论是那些争论者在夜晚撕烂了衣袍,哭号着归来;还是从那些聚精会神的听经人群中飘来的欢声笑语,我们都漠不关心,视若无睹。用刀子敲打出来的节拍令我们内心平静,彼此之间的争论交谈让我们愉快充实。

"就在我们争论着、琢磨着、欢笑着的时候，有人朝我们的房子走来了。我们出门迎接，看见两个高个子站在门前，一个穿着白袍，如同一朵圣洁的百合；一个穿着红衣，如同一朵热烈的罂粟。我们知道，他们分别是那位名叫帕特里克的祭司，以及我们的国王李盖尔。于是，我们放下手中的细长刀，向国王鞠躬示意。可是，当黑绿交织的长袍不再发出窸窸窣窣的响动时，我们听到的并非国王那洪亮如钟鸣的说话声，而是一个陌生的声音。那个充满了喜悦之情的声音，听上去就像祭司在教堂那装饰精美的墙壁底下宣扬教义的声音一样。

　　"'我要讲述的是天地间不变的规则，'那个声音说道，'在国王的威仪所到之处，从大地的心脏到天空的窗口，万事万物都维持着静默。天上的雄鹰，在万里长空之中悄无声息地飞行；水底的游鱼，在深不见底的潭水之中游动，却仍旧保持宁静；在枝头栖息的，无论是丹顶鹤还是麻雀，都屏息凝神，不发一语。云朵凝固成了白色的大理石，河水停滞成了硕大的明镜，就连海中的鱼虾也保持着缄默。我们耐心地保持着沉默，尽管这死一样的寂静叫人难以忍受。'当他一一细数飞鸟虫鱼、江河湖海的时候，就像是一位国王正在罗列自己的臣民。'可是，你们用手里的细长刀，不断发出阵阵噪声，咔嗒咔嗒地破坏着这份悠远深沉的安宁，这令天使震怒。啊！在严冬中被不断啃噬的草根，尽管夏日从你身边走过，你却完全没有惊醒。啊！那些不懂得爱情、不愿意歌唱、不具有智慧的人，你们就这样日复一日地沉浸在自己的想法之中。阳光从你们头顶路过，也无法掠过你们的灵魂；野草在你们脚下疯长，也无法绊住你们的双腿。现在，我要对你们下一道咒语，让世人永远以此为戒。你们将会变成灰鹭，站在灰色的水中，永远沉思默想。你们将会在大地哀鸿遍野的时候，飞越整个世界。那个时候，太阳的烈焰尚未出现，你们就已经忘记了繁星的光芒。你们将会向其他灰鹭诉说，直到它们也和你们一样，永远成为世人眼中的一个教训。死亡将会在不经意间走向你们，智慧之火将永远不会把你们的心灵照亮。'"

这个年迈学者的声音渐渐弱了下去，最终归于沉寂。老麦克尔拿着枪，双眼盯着他瞧了半天，脑子里想着这个故事。可是，他左思右想，还是没有把这个故事的内容琢磨透。如果不是一只手扯了扯他脖子上的念珠，把他从自己的想法中惊醒，恐怕他还会继续思考下去。

原来，那个学者沿着草地爬近了他，试图把他胸前的十字架拉到自己面前，放在嘴边吻上一吻。

"不许你触碰我这串神圣的念珠！"老麦克尔大声嚷着，用枪筒将学者那瘦骨嶙峋的手指拨到一边。这个动作他做得一点儿都没有打战，因为学者长长地叹了一口气，仰面朝天倒在了地上，再也不会动弹了。

老麦克尔弯下腰，仔细地打量他身上那件黑绿交织的袍子。他心里很清楚，自己拥有的那串神圣的念珠，是这个具有高深学问的老人所渴望的东西。如今，这念珠就好端端地挂在他身上，这就让他更加无畏无惧了。

老人留下的这件肥大的斗篷，和里面配套的紧身披风，穿在身上一定很暖和。圣帕特里克一定会解除上面的咒语，把它们留给俗世间的凡人穿着，那真是再好不过了。麦克尔开心地想着。

　　于是，麦克尔伸手去抓那些衣裳。可是，他手指触及之处，一块块黑绿交织的布都化为了青烟。正在此时，一阵清风拂过，那个学者和他身上的衣物，都变成了一堆尘土。那尘土越变越少。最后，麦克尔身前所留下的，只有一块平坦、翠绿的草地。

红发翰拉汉

翰拉汉是一个又高又壮、满头红发的年轻男人，他是一个名声挺差的教师。

万圣节前夕，红发翰拉汉走进了一座谷仓，那里有几个村民正在玩牌。这里原本是一座住宅，但是房主盖了一栋更漂亮的新宅子，就将这里改成了谷仓，用来存放食物和杂物。在这里玩牌的村民们找来两个桶，在上面搭了几块木板充当桌子，还在这张"桌子"上摆了一个黑色的酒瓶，瓶口插着一支蜡烛。宅子里有个旧式壁炉，大多数人都坐在壁炉边烤火，有个人正在唱着一首关于流浪儿的歌谣，歌词讲述了一个芒斯特人和一个康诺特人为这两个地方争执不休的故事。

翰拉汉走到房主跟前，对他说："我已经收到你捎来的信儿了。"说完，他便住了口，因为这个时候他注意到门口坐着一个乡下老汉。这人穿着干净的法兰绒衬衫和裤子，一边盯着翰拉汉，一边摆弄着手里的扑克牌，嘴里还不断念叨着什么。

"别理那人，"房主对他说，"他只是一个刚刚到这儿来的陌生人。现在是万圣节前夕，所以我们就让他进来了。不过，我总觉得他可能神志不太清楚，因为他一直在念叨奇怪的话，你听听。"

于是，大家凝神细听，只听这个乡下佬一边摆弄着扑克牌，一边说着："黑桃，勇气；方块，力量；梅花，知识；红桃，欢愉。"

"他这一小时都在翻来覆去地念叨同一句话。"房主说道。

翰拉汉将目光转向别处，似乎不想再瞧这个老人。他说："我收到信儿了，捎话儿的人说，你和来自凯尔克里斯的三个堂兄弟在仓房里，还有些邻居也在。"

"我的堂兄弟想见你，"房主说着，指了指一位穿着粗呢绒衣的年轻人，那人正在听着歌谣，房主叫了他一声，"这位就是你捎话儿要见的红发翰拉汉。"

"我为你带来了一个好消息，"年轻人对翰拉汉说，"消息来自你的心上人玛莉·拉威尔。"

"她为什么要找你送信儿呢？你和她怎么会认识呢？"

"其实，我并不认识她。只是昨天我在拉弗瑞，和她的一位邻居做了些生意。她请求这位邻居，找个要到此处来的生意人给你捎句话儿。她的母亲过世了，要是你有心和她结为伴侣，那么现在她愿意兑现从前对你许下的承诺。"

"我一定会陪着她度过这个艰难的时刻的。"翰拉汉说。

"她让你尽快到她那儿去，一刻也不要耽搁。因为，到这个月底，她家里还没有一个顶梁柱的话，属于她的那块地就会被收回，她也会被赶走。"

听到这句话，翰拉汉即刻从椅子上站了起来。"那可不，我一分钟也不会耽搁的，"他说，"今天晚上月色明朗，如果我能在今晚赶到凯尔克里斯，那么，明天太阳落山的时候，我就能到达她住的地方了。"

人们听到他的话，纷纷取笑他为了心上人竟然如此心急。要是他就这么一走了之，那些在石灰窑改建的学校里上学的孩子该怎么办呢？翰拉汉辩解道，要是明天早晨，孩子们发现没有教师，不需要读书，也不需要做作业，他们高兴还来不及呢！至于学校，在哪里都可以办的。毕竟，他本来就是个流浪学者。他脖子上挂着墨水瓶，外衣兜里装着维吉尔的诗集以及一本识字书，四处云游。有人让他喝杯酒再出发，有人要他唱个小曲儿赞美女神维纳斯和他的心上人玛莉·拉威尔，否则不放他离开。于是，翰拉汉只好喝了一杯威士忌，他一边喝，一边一再强调，自己必须马上出发，不能再耽误时间了。

"时间可多得很，红发翰拉汉。"房主说，"到你结婚之后，唱歌跳舞、纵情享乐的时间还多着呢。可是啊，我们要再见你一面，要再听你唱一次小曲儿，那可就难了。"

"我的心早就在路上了，"翰拉汉说，"我恨不得立刻到玛莉身边去。现在她该有多么孤独，多么悲伤，多么无助。她一定渴望着我早日到她身边。"

这时候，又有几个人走过来挽留翰拉汉。他们围住了他，赞美他的满肚子小曲儿和故事，夸奖他懂得各种各样的游戏，请求他留在这里，与他们共同度过这个快乐的夜晚。可是翰拉汉拒绝了每一个人，冲破了他们的包围，来到门边。就在他马上要跨过门槛的时候，那个玩扑克牌的古怪老汉站了起来。他伸出一只瘦骨嶙峋、宛如鸡爪的手，抓住了翰拉汉。

"万圣节前夕，你可不能就这么离开大伙儿，这可不是一个学问高深的大作曲家该做的事，翰拉汉。别走，至少你得先跟我玩一把扑克牌。我这副旧扑克牌，在以前的许多个夜晚，给无数人带去过欢乐，这副牌虽然旧，却见证过无数财富的胜负。"这个古怪的老头儿说。

"可是你看起来不像是赢得过无数财富的样子呀，老头儿。"一个年轻人说着，夸张地看了一眼他光着的脚。人们都笑了起来，只有翰拉汉没有笑，他一言不发地坐了下来。

有一个人问道："这么说，翰拉汉，你是决定要留下来了？"

乡下老汉说："他当然是要留下来了。你没有听见我要求他留下吗？"

所有人都纳闷地瞧着这个乡下老汉，搞不清他究竟是从什么地方冒出来的。

"我来自十万八千里之外，"老汉说，"我穿过了法国，穿过了西班牙，打格雷尼湾来到这儿。这一路上，没有一个人拒绝过我的要求。"别人不再向老汉发问，老汉也不再言语，只是一心一意地洗牌。于是，大家开始玩扑克了，六个人坐在桶和木板搭成的桌子边参战，其他人则围拢在他们身边看热闹。一开始，他们只是玩玩儿，没有拿任何东西来打赌。两三把之后，老汉掏出一枚磨得明晃晃的银币，并要求其他人也掏些什么出来作为赌注。于是，参与牌局的人都从身上掏出了一些东西来。

虽然大家的赌注并不大，但是这场牌局的阵仗看起来完全不亚于一场豪赌。那点儿钱在桌上推来推去，有时到了这个人手里，有时到了另一个人手里；有时这个人不大走运，输了个精光，旁边的人就借些赌金给他，等他赢回来之后再如数奉还。一个人的运气不管是好是坏，都只是暂时的。

有这么一回，翰拉汉发出一声宛若梦呓般的低语，说："我该出发了。"可是，他恰好拿到了一张好牌，这张牌一亮出来，桌上所有的钱都到了他手里。他想起了玛莉·拉威尔，不由自主地叹了一口气。可是，当他不走运的时候，心上人又被他抛到脑后去了。

扑克玩到最后，所有的运气都跑到老汉那里去了，他赢光了所有人的钱。老汉得意扬扬地笑了起来，一遍遍地唱着他之前念叨的那几句话："黑桃，勇气；方块，力量；梅花，知识；红桃，欢愉。"他不停地唱着，就像这几句话本来就是什么歌词一样。

几个参与牌局的人似乎陷入了某种狂热状态，直勾勾地盯着老汉的双手。他们的眼神就像是喝醉了酒一样，可是桌上那瓶酒根本就没有动过；又像是他们将自己的全部身家都押在了这场牌局上，可是他们全部的赌本只不过是几个铜板、几个银币。

"不论是赢是输，你们总归是好人，"老汉说着，飞快地洗着牌，"你们是在用整颗心玩牌呢。"他洗牌的动作无比迅速，到后来，你根本看不见他手中的牌，只觉得他似乎在空中画了一个火圈。整个屋子仿佛陷入了一片黑暗之中，只有老汉的一双手和他手中的牌还在发出明亮的焰光。

忽然，从老汉手中跳出一只兔子。谁也不知道这只兔子究竟是某张扑克牌变的，还是老汉凭空变出来的。只见这只兔子飞快地从地上跑开了。有的人盯着那只兔子，可是更多的人还在直勾勾地盯着老汉的双手。这时候，老汉手中又跳出一只猎犬，接着是第二只，第三只。这些猎犬一落地，便去追逐那只兔子。很快，整个谷仓里都是追逐兔子的猎犬，它们吠叫着，吵闹着，奔跑着，最后追着兔子跑出了谷仓的大门。

"跟着那些猎犬，跟着那些猎犬！"老汉大声喊着，"今晚会有一场精彩的围猎可瞧哇！"说着，他就跑了出去。可是大伙儿谁也不敢跟着这个古怪的老汉，只有翰拉汉站了起来，连声应和着："我也去，我也去！"

"你最好老老实实地待在这里，翰拉汉。"站在他身边的年轻人劝说道，"谁也不知道跟着他会不会碰上什么危险。"

"不，我要去看看。"翰拉汉说，"我要瞧瞧这场比赛到底公不公平。"他着了魔般跌跌撞撞地跑出谷仓，谷仓的大门在他身后关上了。

翰拉汉以为自己在追前面奔跑的老汉，可是他发觉那只不过是月亮照在自己身上显出的影子。不过，猎犬追赶兔子时的吠叫清晰可闻，翰拉汉可以清楚地听到它们就奔跑在格拉纳平坦的菜地里。翰拉汉畅通无阻地追赶着猎犬，过了一会儿，他来到了一块被石墙包围着的田地。他将石墙弄出一个豁口，钻了过去。

穿过这片田地，翰拉汉来到了巴莱里，这里有一条长长的河流。

翰拉汉听到猎犬的脚步是往河流上游方向去的，于是他循声赶去。跑了没多久，翰拉汉就发现这条路难以行走，因为这段上坡路到处都是泥泞，而且月亮被云层遮住了，无法看清地面。

翰拉汉本想离开这条小路去抄近路，可是他一不小心踩进了泥塘，只好原路折返。也不知道走了多久、走了多远的路，最后，翰拉汉爬上了一座光秃秃的山。这里除了欧石楠什么东西也没有，翰拉汉既听不到猎犬的声音，也听不到其他的响动。翰拉汉茫然无措地站在原地等了一会儿，隐约传来几声犬吠，一开始很远，后来渐渐地近了。可是，就在犬吠离他越来越近的时候，声音竟然朝半空中飘去。狩猎声在翰拉汉头顶不断响起，最后朝北边远去，逐渐消失在空气中。

"这可真是一点儿也不公平！"翰拉汉生气地说，"太不公平了！"

折腾了一夜，翰拉汉再也走不动了。他一屁股坐在欧石楠花丛中，开始休息。

过了一会儿，翰拉汉发现不远处有一扇门，门缝里漏出一点儿光，这让他觉得十分怪异。这扇门离他这么近，为什么之前没有发现呢？尽管他已经精疲力竭，但还是坚持着站了起来，走过去打开了那扇门。门外的世界一片漆黑，可是门内却明亮如白昼。翰拉汉走进门里，漫无目的地走了一会儿，遇见了一位老人。这位老人正在忙着采摘百里香和香蒲草，他一看到翰拉汉，便高兴地说："了不起的大作曲家，学识渊博的翰拉汉，你已经好长时间没来看我们了。"

老人说着，将他带进一栋宽敞而富丽堂皇的房子里。凡是翰拉汉听过的华美装饰，见过的美丽色彩，在这栋房子里应有尽有。大厅尽头是一个高台，上面有一把华丽的座椅，座椅上坐着一位美貌女郎。她长得白皙明丽，周围鲜花簇拥。不知为何，她似乎因为漫长的等待而显得满脸倦色。在她座椅下方的台阶上，坐着四位老妇人，面色灰白，打扮古怪。第一位老妇人膝盖上放着一口大锅，第二位怀里抱着一块巨石，第三位手拿一根尖利的木头长矛，第四位握着一把没有刀鞘的大刀。翰拉汉在那里站了半天，他很想问座椅上像王后一样高贵的女郎究竟是什么人，在等待什么。可是，谁也没有跟他说话，谁也没看他一眼，他只好把自己的疑问吞回了肚子里。虽然他并不觉得有什么可怕的，但是在这样一个富丽堂皇的大厅里与这样一位倾国倾城的女郎交谈，还是让他心生怯意。他又想问问那四位老妇人为什么把那些东西小心地拿在手里，可是又不知道该怎么开口。

过了一会儿，第一位老妇人站了起来。她用双手端着锅，说道："欢愉。"翰拉汉愣住了。这时候，第二位老妇人捧着石头站了起来，接着说："力量。"第三位老妇人紧接着站起身，拿着长矛说："勇气。"最后一位老妇人也站了起来，她手握大刀，说道："知识。"她们每一个人说完话之后，都站在那里等待片刻，似乎期待翰拉汉给出什么答案，或者询问什么问题，可是翰拉汉却愣在那里，一句话也说不出来。于是，四位老妇人捧着自己的宝物，鱼贯而出。

"他不需要我们。"第一位老妇人说。

"他是如此懦弱，如此懦弱。"第二位老妇人说。

"他可真是胆小。"第三位老妇人说。

"他蠢透了。"第四位老妇人说。

接着，她们齐声说："爱特歌，神之女，你必须继续陷入长眠。真遗憾，真是太遗憾了！"

那位王后般高贵的女郎叹了一口气，在翰拉汉耳中，这声悲伤的叹息是如此悠扬，宛如潺潺清溪在流淌。要是这个地方再辉煌十倍，再明亮十倍，他绝不会被睡神叨扰。翰拉汉这么想着，跌跌撞撞地在原地躺下，陷入了睡梦之中。

当翰拉汉醒过来的时候，太阳已经升得老高了。他身边的草地上结了一层薄薄的白霜，溪上也结了冰。靠着山峦起伏的轮廓和不远处的格雷尼湾，翰拉汉意识到自己现在位于斯里芙·爱特歌山脉的一座山上，可是他却完全不知道自己是怎么跑到这儿来的。谷仓里究竟发生了什么，他已经忘得一干二净。昨夜的长途跋涉，也早就被他抛到了脑后。他只觉得自己双脚酸痛无比，浑身的骨头都在咯咯作响。

一年后，坎帕泰格尔村的村民们坐在路边的一栋房子里烤火时，红发翰拉汉路过此处。他想要进去休息片刻，人们都对他表示欢迎，因为这天是万圣节前夕。

红发翰拉汉长着一头又乱又长的红发，非常消瘦，满面风尘，看起来疲惫不堪。他坐下之后，热情的村民递给他一杯威士忌。他们看见了他脖子上挂着的墨水瓶，知道这人学识渊博，便要求他讲希腊神话故事。翰拉汉掏出外衣口袋里那本维吉尔的书，这本书的封面已经变得又脏又破，又湿又旧。这还不算什么，更糟糕的是，他那副失魂落魄的模样看起来不像认识几个字的样子。

几个年轻人讥笑他，问他为什么不识字还要带着书本和墨水瓶到处流浪。翰拉汉听了这话，显现出很烦恼的模样。他收起书，问谁身上有扑克牌，因为玩扑克比读书要有意思得多。于是，有人递给翰拉汉一副牌。

就在翰拉汉魂不守舍地洗着牌的时候，久远的往事涌上了他的心头。他伸出一只手撑着自己的脸，凝眉苦思，好像正在极力回忆什么事情似的。

"我曾经到过这里，是不是？"他说，"或者说，我在同样的一个夜晚，到了什么地方去啦？"他猛然起身，扑克牌散落一地。可是他完全不在意，大声地问道："谁替玛莉·拉威尔给我捎过信儿？"

"我们从来没有见过你，更没有听说过什么玛莉·拉威尔呀。"房主说道，"她是什么人？你在说些什么？"

"那是在去年的万圣节前夕。我在一个谷仓里和几个人玩扑克牌，桌上的钱一会儿被这个人赢到手里，一会儿被那个人赢到手里。那个时候，有人给我捎来口信，我正要动身离开谷仓，去见我的心上人玛莉·拉威尔。"翰拉汉说到这里，开始大声嚷嚷起来，"从那以后，我到什么地方去了？我这一年究竟到什么地方去了？"

"谁也不知道你到什么地方去了。"人群中年纪最大的老者回答，"我们都不知道你跑去哪里了。不过，看得出来，你的鞋上布满了尘土，就像那些在外面四处游荡的人一样。人一旦中了什么魔法，就会把前尘往事忘个干净。"

"没错。"另一个人说，"我认识一个女的，在外游荡了整整七年，回到家之后，她就变得特别喜欢吃猪食。你现在最好到外面走走，或者找人聊聊天，平复一下心情。"

"我要去找我的心上人，玛莉·拉威尔。"翰拉汉说，"我已经耽误了太长时间，谁知道这一年里事情发生了什么变化呢？"

于是，翰拉汉向门口走去，但是被人们拦住了。这些好心的村民劝他在这里休息一晚，待体力恢复之后再动身。的确，翰拉汉经过长途跋涉之后，非常虚弱，需要休息。人们给他送来为万圣节准备的点心和面包，他狼吞虎咽地吃着，就像从来没有吃过东西一样。有个人说："你看看他，饿得就像是踩中了饥饿草的人。"

第二天，翰拉汉上路了。长途跋涉后，他终于来到了玛莉·拉威尔的家门前，可是这里早已成了一片废墟，住在里面的人也消失得无影无踪。

翰拉汉向邻居打听玛莉·拉威尔发生了什么事，可邻居对此也是一知半解。将几位邻居提供的信息东拼西凑之后，翰拉汉串起了整个发生在玛莉·拉威尔身上的事情：她从房子里被撵了出去，后来嫁给了一个工人，两个人一起到伦敦还是利物浦之类的大城市讨生活去了。她究竟是过上了好日子，还是生活在水深火热之中，我们不得而知；唯一能够确定的只有一件事——翰拉汉再也没有见到过自己的心上人，再也没有听到过任何关于她的消息。

水手的信仰

我认识一位特别的船长，名叫莫兰。说他特别，是因为他实在是一个有趣又善于思考的人。无论是站在船头，还是立在船尾，他都在思考。就算是躺在甲板上晒太阳，他的大脑也绝对不会放空。我曾经问过他，他是一个船长而非哲学家，为什么要思索那么多事情。他的回答让我印象深刻："如果我住在山谷里，耕种一片玉米地，那我什么都不用思考。我只需要记住阳光照在脸上的温度，懂得躲在树荫下纳凉就行。至于玉米，等待它长出来就好。记住的东西越多，玉米就越种不好。你知道的，心思离土地越远，果实也会离土地越远。可是，我不是一个种玉米的农夫。我是一个掌舵的船长，我的工作是前进。如果你想要平安穿越风暴，你必须思考，必须了解大海的秉性。我想我并不是思考得太多了，我只是在重复思考。当然了，我倒希望我能想更多。"

多年前那个炎热的夏季，我与这位船长共用晚餐时，莫兰船长发表了一番有趣的言论，让我对他的为人又多了一些了解。我们谈论了许多关于职业与信仰的话题，他的每一句发言都充满了力量，让我不禁对水手这个职业肃然起敬。

"你手下的水手对航行也都是这样充满激情吗？"我好奇地问莫兰船长。

"当然不是了。遇到风浪时，许多人都怕得要死。船只遇险时，还有人会被吓哭。"莫兰船长喝了一口酒回答道。

"你会安慰他们吗？"我说出了对船长话语的猜测。

他像是听到玩笑一样哈哈大笑，笑过之后才告诉我："不会，但是我会祈祷，并且带着他们一起祈祷。"

"要怎么祈祷呢？求上天保佑你们的船安然无恙？"我有些惊讶，总感觉莫兰船长这种充满智慧的人不会相信祈祷这种事。

"我会祈祷，求老天赐予我勇气。"莫兰船长回答。

"勇气？这有什么用呢？"我听得一头雾水。

他耸耸肩，平静地说："假如我们正在大西洋上航行，我站在船头，接二连三有水手冲到我面前，吞吞吐吐地说：'莫兰船长，完蛋了，船舱漏水了，我们要死了，怎么办？'我会问他们：'小伙子们，你们当时决定当水手的时候，有没有想过，船可能会破一个洞，然后沉进海里？'水手们会声音发抖地回答我：'我们想过，船长。'接着，我就会告诉他们：'既然知道，祈祷吧！求上天给你们勇气，敢于像个男人那样，勇敢地沉下去！你们这些懦夫！'"

黄金时代

前段时间，我登上火车前往斯莱格郡。之前我去斯莱格郡时，是因为遇到了一些问题。也许是病急乱投医，我总觉得解铃还须系铃人，说不定我能从斯莱格的某些奇怪生灵那里得到什么启发呢？毕竟，大家都说斯莱格是最神秘的地方。

在斯莱格的日子我的确收获了许多灵感。有一天晚上，我看到了一只不知名的小动物。它长着黑皮毛，一开始我以为是只小狗，后来又觉得它更像鼬鼠。那只小动物在不远处的墙上快速爬着，我来不及看清楚，它就跑开了。不一会儿，又来了一只小动物。这次是一只长着白毛的小动物，乍看之下，又是一只鼬鼠，可是它发出的声响又让我觉得那是一只小狗。

这两只不知名的小生灵让我想起了一个很有意思的说法。传说中，有一白一黑两只狗，它们都是狗精灵。白狗代表着光明，黑狗则代表黑暗。从黑白狗精灵还延伸出了关于正义和邪恶的讨论，不管我刚才看到的小动物是什么，在我看来，这都应该算是一个好的开始。后来，我在斯莱格的生活的确不错，萦绕在心头的问题也一并解决了。

于是，现在我又在火车上了，并且离斯莱格越来越近。然而，离目的地越近，我反而越希望有点儿什么别的启发。说来奇怪，这个时候我又觉得我似乎是在给斯莱格强加一些意义和兆头。如果能有一些更直接的巧合，那会让我心里好受许多。

这时，一个男人推开车厢门，走了过来。他自顾自地演奏起小提琴，他的那把小提琴很显然是用一个黑色的旧匣子做成的。一开始，我对他的演奏没有半点儿兴趣，那毕竟只是一把简陋的小提琴。可是，他的琴声强硬地钻进了我的脑子里，唤起了一些陌生的情感。传说中，过去的世界完满而温柔，那份纯净美好虽然还在，却好像被厚重的时间之尘埋在了深深的泥土之下。精灵和其他纯洁的灵魂住在那里，风中摇曳着芦苇的歌、鸟儿的欢唱、浪涛的叹息，这些声音和小提琴悠长的哭泣声聚在一起，不停地为这个衰落的世界哀悼。音乐中隐含的信息是，美丽的人往往不够智慧，智慧的人又缺少美貌，而我们最珍贵的时刻常被粗俗破坏，或被过去的苦闷刺痛，小提琴的悲歌将永远为此哀伤。有一种说法，只有黄金时代的灵魂得到安息，我们才能找到和平，悲伤的歌声也才会停止。然而，他们必须继续歌唱，我们也随之哭泣，直到永恒的大门开启，并且接纳我们。这时，火车慢慢驶入了一个有着巨大玻璃屋顶的车站，那位小提琴手收起了他简陋的琴盒，收起之前讨要到的零钱，随即打开了车门，消失在拥挤的人群里。

战 争 /

之前有一个传闻，说是英国即将和法国开战。这则传闻流传甚广的时候，我碰巧认识了一位女士。她是斯莱格人，家庭比较贫穷，丈夫死在了战场上。当时我正好收到了一封伦敦寄来的信，便把里面的内容与她分享："不知道你那边情况如何，伦敦人好像盼着打仗似的，一个个儿都不正常了。但是，据我观察，法国人不是那么想打仗，他们好像想要谈判……"

我的这封信似乎唤醒了她的一些记忆。她坦诚地说，有些东西是一些士兵告诉她的，还有一些则是她从 1798 年的起义事件中推测出来的。接着，她也向我分享了许多她对战争的看法。

"您的朋友是伦敦人吗？您去过伦敦吗？我原来在一个人口很多的小城住过。不过，肯定比不上伦敦。我猜，您朋友说的情况就是人口问题造成的。您想，一个地方挤满了人，还怎么生活呢？生活不下去，就会开始厌恶身边的人，厌恶生活的地方，最后厌恶全世界，更厌恶活着。

"如果一个人不渴望生存，那一定就是渴望死亡。说不定正因为这样，他们才盼着开战呢！一旦开战，就很可能死掉，这就是他们想要的。法国人肯定不讨厌活着，而且想好好活着。我们这里对打仗根本无所谓，毕竟，我们的生活已经很糟糕了，就算是打仗，也不会比现在更悲惨。我前些天还听一个士兵说，他宁愿死掉，说不定死掉以后就到了天堂，能过上幸福的生活。

"不过，话虽这么说，没有人会喜欢战争的。我认识许多从战场上退下来的士兵，他们回家之后都不乐意提打仗的事。越是打过仗的人，越是愿意埋头苦干，一头扎进农活儿里。当有人夸夸其谈战争的事情，他们只会默默地在一边把草垛挑散。

"我的童年好像就没过过什么无忧无虑的日子。在我还是个小女孩的时候，就听见邻居们整天谈论打仗。我现在都还记得他们一边把手伸到火炉上取暖，一边分析着哪里又要变成新的战场。我最近心神不宁的，感觉又回到了小时候。您说，是不是又要打仗了？我还梦见自己去海边捡贝壳，海边长满了红藻，走近一看，哪里是红藻，分明是……唉，我真希望那只是一场梦。"

听她说完，我有些同情，便安慰她："你太过紧张了，也许事情不会那么糟糕呢？我觉得你是对战争有阴影了，会不会是芬尼亚运动给你带来的伤害？"

我话音刚落，她就急切地否定了我的猜想，她说："先生，您是不知道，现在的日子还不如搞芬尼亚运动的时候。那时候，虽然我的住处经常被一些军官征用，可是我的生活并没有受到太大影响。白天，军乐队到处去表演，我就跟在他们后头。到了晚上，我又去看他们练兵。至于那些当兵的，不过是一群小男孩。他们并没有伤害我，只是偶尔搞一些恶作剧。我记得有一晚，那些男孩来捉弄我，他们找了一些腐烂的马内脏挂在我家的门把手上。我是第二天出门时发现的，这就是那段时间里我受到的最大惊吓了。"

出乎意料，我和这位女士相谈甚欢。我们不知不觉聊到有关战争的谚语。

"没错，不打仗总比打仗好。我听过许许多多和打仗有关的俗语，您听说过吗？"

我确信我应该是听过类似谚语的，可在这个时候，我一句也想不起来。看着我冥思苦想的样子，那位女士主动说："有很多，不过我最喜欢的是那句，'长矛挑儿四代完'，您听过吗？"

我的大脑里并没有这句谚语，只好摇摇头，等她揭晓答案。

女士耐心向我解释道："这句话是一个小故事，讲的是一群人把一个小男孩用长矛挑起来，吓唬男孩取乐。周围人就跟他们说：'你们可要小心他诅咒你们四代人哪！'所以，我们经常看到什么怪病和倒霉事都接二连三落在一个家族的四代人头上，极大可能是因为被诅咒啦！"

我被这种新鲜的说法吸引了，简直想为这位女士的语言能力鼓掌。这时，她又说了一句话："用长矛欺负人，所以遭了报应。依我看，战争就是最大的诅咒。"

神奇生物

传说中，魔法森林里住着许多神奇生物。狐狸和獾只不过是其中最普通的——当然，它们是会魔法的狐狸和獾。很多人相信，总还有更强大的神奇生物在这里。许多森林都发生过怪事，可到底哪些森林是真正的魔法森林，则无人知晓。至于神奇生物，也从来没有人声称自己亲眼见到过。据说，魔法森林里还有一片湖，里边也有神奇生物。神奇在哪儿呢？明明看到水中有影子，可撒下渔网却一无所获。不管换多密的网，还是什么都没有。有人说，这里住着亚瑟传说中那些白鹿的后裔。还有人说，邪恶猪妖的后裔也在这里。这些神奇生物徘徊于生死界限的灌木丛间，既承载着希望的光芒，也挟带着恐惧的阴影。

我的一个朋友给我讲过一则故事，和魔法森林有关，是他父亲的亲身经历。

"我家养了一条狗，它每天晚上都要出去溜达。那天，我父亲照例牵着狗出去散步。一路上都很顺利，什么事都没发生。走到茵奇树林边缘时，我父亲靠在一截废弃的矮墙上休息，狗也累了，就在他脚边吐舌头。突然，他听到了什么声音。一开始，他没觉得有什么不对。因为那里有许多漂亮的树枝，戈特的小伙子们经常跑到那里去捡树枝，长的短的，应有尽有。接着，声音越来越近，他觉得那声音似乎是从欧本大坝的方向过来的。不过，他没有看见任何人影。'小伙子，捡树枝吗？这儿有许多呢！'不知道为什么，我父亲觉得有些心慌，便扯着嗓子喊了一句。他跟我说，他当时盼着能立刻得到一声洪亮的回应。可是什么都没有。他屏住呼吸仔细听，感觉那声音就像光脚踩在地上。既然没人说话，那一定是动物吧！会是什么动物呢？我父亲喜欢打猎，他辨认后，认为那应该是鹿的脚步声。

"他心想，待会儿就会有小鹿跑过来了。接着，奇怪的事情发生了，他明明听到有声音冲他跑过来，他甚至感觉到有什么东西走到了他面前。可是，他面前什么也没有。我父亲以为是自己出现了幻觉，就低头看狗。之前还坐在地上吐舌头的小狗，早就缩到了那堵矮墙的墙根，紧紧把自己卡在我父亲和矮墙之间。它怕得夹住尾巴，头冲着我父亲的方向，喉咙里还发出低吼声，像在威胁什么东西。我父亲睁大眼睛使劲瞪着前方，直到蹄子跑动的声音远了，面前还是什么都没有。他使劲揉眼睛，又拍了拍自己的脸颊。他明显感觉到自己的身体在发抖，再低头看，小狗也吓得浑身哆嗦。我父亲觉得遇上了怪事，又想起了朋友们跟他说过的魔法森林的传说，就赶紧牵着狗回家了。

"这不是个例，还有第二次。那次，我父亲和三个戈特人相约去湖上划船。有个人带了一根鱼叉，想要叉几条鱼带回去烤着吃。听我父亲说，那人可是个叉鱼高手。船划到湖心，那个人就准备好鱼叉要叉鱼了。果然，第一次出手，他的鱼叉就击中了。他欢天喜地打算把鱼叉提起来，还说一定是一条大家伙。他身边的人看他提得费劲，正想伸手帮他。可是，他却毫无预兆地昏倒了。我父亲和其他两个人赶紧把船划回岸边，把他送去医生那里。他躺在病床上时，我父亲他们都在互相询问，想知道那人到底叉中了什么东西。可是，谁也没看见，谁也说不上来。那个人醒来之后，嚷嚷着说叉到了一个不知名的东西。他说，那东西马上就要浮出水面时，他匆匆瞥了一眼，看起来像是一头牛犊，但他不确定。不过，他强调，那绝对不是任何鱼类！他还来不及说任何话，就晕过去了。"这位朋友讲述他父亲的故事时，神情十分严肃，甚至有几分庄重，让我连一句质疑的话都问不出来。

我的另一位朋友十分相信这两则故事，也很理解那些被这两个故事吓到的人。在他看来，神秘湖泊中没有神奇生物才是一件奇怪的事。

"这就是魔法，湖里的神奇生物一定是古代巫师放进去的，要么就是他们对湖里的普通生物施了什么魔法。湖泊里有奇珍异兽是非常合理的，说不定它们在帮巫师们看守什么秘密宝藏或是智慧之门。你难道不这么觉得吗？"这位朋友认真地为我解释。

我不知道该不该相信他，这听起来就像是纯粹的想象，半点儿证据都没有。

"如果现在有一位巫师出现，把我们的灵魂都放进湖里去……在很久以后，我们的灵魂就会像那些传说中的神奇生物一样，赫赫有名。

施过魔法的灵魂，一定会变得敏锐而锋利，强大而神秘。这样的灵魂，也许可以征服整个世界。"朋友继续畅想着他的巫师论。

"当然，这只是我的玩笑！"他感受到了我的沉默，便大笑起来，"不过，说真的，如果想要克服恐惧，我们最先要做的是推翻那些生命力旺盛的陌生形象，它们是否存在根本不重要。越是未知，越是神秘，才越是可怕。如果我们不吃这一套，神奇生物就无法威胁到我们的生命。"

这个道理不难理解，但很难做到。也许，只有当我们经历了最后的冒险，也就是死亡之后，我们才能毫无畏惧地看着它们。

走进薄暮

一颗疲惫的心，就在疲惫的时刻，
摆脱了是非黑白的纠葛。

欢笑吧，在黯灰的薄暮中敞开心扉；
叹息吧，在清晨的朝露中思索沉吟。

爱尔兰，你的母亲，她永葆青春。
这里露珠晶莹，
这里雾色朦胧。

纵使你失去了希望，失去了爱情，
纵使中伤的唇舌，像毒焰把你灼伤。

来吧，让你的心来到这连绵的群山之中，

在这层层树林之中，沉沉月光之下，

在此让心灵缔结神秘的誓约，在此实现心底埋藏的渴望。

此时此刻，孤独的上帝吹响了号角。

时光流逝，转眼已是永恒。

朦胧的暮色，仁慈更胜爱情；

清晨的露珠，亲切更胜希望。